AIRE LIBRE

HORNE / MERMILLIOD / TRIPP

Les vents ovales 1. YVELINE

DESSIN Horne
SCÉNARIO Aude Mermilliod et JeanLouis Tripp
COULEURS Delf
COULEURS DE COUVERTURE Jérôme Maffre
DOSSIER Sylvain Venayre

À Monique,
qui a traversé ces années-là en tenant ses trois petits garçons par la main,
dans un village du Tarn-et-Garonne.
Monique qui avait le cœur vaillant et la voix claire,
qui me manque un peu chaque jour,
et dont le souvenir est comme un grand éclat de rire.
AUDE

En 1967, j'avais 9 ans et j'habitais à Verdun-sur-Garonne,
au cœur de l'Ovalie, le pays du rugby, ce sport merveilleusement
complexe et plein d'amour.
Pendant cette saison 66/67 du Championnat de France,
nous sommes allés voir, avec mes parents et grands-parents, tous
les matchs des phases finales de l'Union Sportive Montalbanaise
et le dimanche 28 mai, nous étions sur la RN 113 de retour de Bordeaux
dans l'embouteillage de la victoire.
Je dédie ce livre à l'équipe de l'USM
qui a rapporté le Bouclier de Brennus dans le Tarn-et-Garonne
(et aux équipes successives du Stade Toulousain
qui depuis toujours enchantent mes fins de semaine).
JEANLOUIS TRIPP

STADE OCCUPÉ DE LARROQUE-SUR-GARONNE. MAI 1968.
MA LIBERTÉ LONGTEMPS JE T'AI GARDÉE COMME UNE PERLE RARE MA LIBERTÉ C'EST TOI QUI M'AS AIDÉ À LARGUER LES AMARRES POUR ALLER N'IMPORTE OÙ POUR ALLER JUSQU'AU BOUT DES CHEMINS DE FORTUNE...
TRAVAILLEURS
MÊME COMBAT
AUSSI !
LA VOIX QUI CHANTE, LÀ... C'EST MOI...
SOIS JEUNE & TAIS-TOI
SOUS LA PELOUSE LA PLAGE

POUR CUEILLIR EN RÊVANT
UNE ROSE DES VENTS
SUR UN RAYON DE LUNE...
JE M'APPELLE YVELINE TALAIRAC, J'AI 19 ANS ET JE VOUDRAIS VOUS RACONTER UNE HISTOIRE.
CETTE HISTOIRE, C'EST LA MIENNE, MAIS C'EST AUSSI CELLE DE MON VILLAGE DE CASTELNAU-SUR-GARONNE.
6
EUH... DE DEUX VILLAGES, EN FAIT, CASTELNAU ET LARROQUE... LARROQUE ET CASTELNAU...

DEUX VILLAGES AU CŒUR DE L'OVALIE, RÉUNIS ET SÉPARÉS PAR LE RUGBY...

DEUX VILLAGES À MI-CHEMIN ENTRE TOULOUSE ET MONTAUBAN, SÉPARÉS PAR LA GARONNE, MAIS RÉUNIS PAR UN PONT...
CETTE HISTOIRE, ELLE NE COMMENCE PAS EN MAI 1968, MAIS UN AN PLUS TÔT...

MAI 1967

LE 1ER MAI 1967, PENDANT QUE SYNDICATS ET PARTIS DE GAUCHE DÉFILENT À PARIS, À LAS VEGAS, ELVIS PRESLEY ÉPOUSE PRISCILLA EN GRANDE POMPE.
LE 7, DENNY HULME, SUR BRABHAM, REMPORTE LE GRAND PRIX DE FORMULE 1 DE MONACO.
LE 17, À MARCOULE, DANS LE GARD, LE RÉACTEUR CÉLESTIN 1 COMMENCE À PRODUIRE DU TRITIUM POUR LA BOMBE ATOMIQUE FRANÇAISE.
LE 18 MAI : L'AVIATION AMÉRICAINE BOMBARDE HANOÏ POUR LA PREMIÈRE FOIS.
LES 25, 26 ET 27 MAI, EN GUADELOUPE, DES MANIFESTATIONS ANTIRACISTES SONT VIOLEMMENT RÉPRIMÉES PAR LA POLICE (49 MORTS, MAIS SEULEMENT 8 SELON LES AUTORITÉS).
EN AUSTRALIE, 90,7 % DES VOTANTS APPROUVENT PAR RÉFÉRENDUM LA PRISE EN COMPTE DES ABORIGÈNES DANS LE RECENSEMENT NATIONAL.

… CE DIMANCHE 28 MAI 1967 EN FIN DE JOURNÉE, J'ÉTAIS SUR LA ROUTE NATIONALE 113 DANS UN LONG EMBOUTEILLAGE ENTRE LA GIRONDE ET LE TARN-ET-GARONNE…
CHAMPION
FRANCE
ALLEZ SAPIAC
USM
ALLEZ LES VERTS ET NOIRS
ON REVENAIT DE BORDEAUX, OÙ MONTAUBAN VENAIT DE BATTRE BÈGLES EN FINALE DU CHAMPIONNAT DE FRANCE DE RUGBY…
À NOUS LE BRENNUS

LE BOUCLIER, PUTAIN ! ON A GAGNÉ LE BRENNUS !
IL PARAÎT QUE LE PRÉFET A PROMIS QU'IL ALLAIT REPEINDRE LES GRILLES DE LA PRÉFECTURE EN VERT ET NOIR, CON !
NOOOON ?!
PUTAIN ! C'EST GÉNIAL !
LE BOUCLIER, PUTAIN ! LE BOUCLIER !
DEPUIS DES ANNÉES, L'US MONTALBANAISE N'ARRIVAIT JAMAIS À DÉPASSER LES 16e DE FINALE, SAUF EN 65, OÙ ILS AVAIENT ÉTÉ BATTUS EN 1/4 PAR GRAULHET...
MAIS CETTE ANNÉE-LÀ, C'ÉTAIT LE GRAAL. LE BOUCLIER DE BRENNUS ALLAIT PASSER UN AN À MONTAUBAN... C'ÉTAIT NOTRE HEURE.
ET L'AMBIANCE ÉTAIT À LA HAUTEUR DE L'ÉVÉNEMENT.
BOUCLIER MONTALBANAIS
FAUT FÊTER ÇA !
PUTAIN, OUAIS, FAUT FÊTER ÇA ! CHAMPIONS DE FRANCE !
TOUS AU BAR DE LA PLACE !
OUAIS !
TOUS AU BAR DE LA PLACE !
3e MI-TEMPS !!!
ALLEZ SAPIAC
À NOUS LE BRENNUS

ALLEZ LE
RTS ET N
BAH, POURQUOI CHEZ VOUS ? ON POURRAIT ALLER CHEZ DÉDÉ !
MAIS C'EST TOUT PETIT CHEZ DÉDÉ, ON RENTRERA PAS TOUS !
COMMENT ÇA, C'EST TROP PETIT CHEZ MOI ?! Y TE FAUT LE CHÂTEAU DE VERSAILLES POUR BOIRE UN VERRE ?! ON SE SERRERA !
USM
OUAIS, BÉ ON A DIT LES PREMIERS !
VOUS FAITES CAGUER ! C'EST TOUJOURS CHEZ VOUS !
OUAIS !
EN PLUS, DÉDÉ, Y FAIT PAS DE BONS PERROQUETS !
EH, OH ! TU SAIS CE QU'IL TE DIT, DÉDÉ ?!
TU M'EN FAIS UN BEAU DE PERROQUET, TOI !
HA HA HA !
COCÔÔÔ !
OH, JE TE JURE, YVELINE, ILS ME FATIGUENT ! TU VAS VOIR QU'ILS VONT RÉUSSIR À S'ENGUEULER, MÊME AUJOURD'HUI...
EH OUI... LARROQUE ET CASTELNAU ! C'EST PAS PRÈS DE CHANGER... ! QUAND TU PENSES QU'IL Y A JUSTE UN PONT ENTRE LES DEUX !

OH, EH !...
MOI, J'AI UNE IDÉE. ON A QU'À FAIRE ÇA SUR LE PONT ! BIEN AU MILIEU ! COMME ÇA, PAS D'HISTOIRES !
SUR LE PONT ?
AH, BEN OUAIS ! C'EST PAS CON, ÇA... SUR LE PONT !
USM
ALLEZ SAPIAC
ON A QU'À FAIRE UN BARBECUE !
OK ! LA BOUCHERIE-CHARCUTERIE OUSTIÈRE FOURNIT LA SAUCISSE !
ET LES CÔTELETTES ?
ET PUIS QUOI ENCORE ?
LE BAR DE LA PLACE FOURNIT LE PINARD !
ET MOI, LA BIÈRE !
QUI APPORTE LES BARBECUES ?
IL FAUT DE LA MUSIQUE !
MONSIEUR PELLEFIGUES, VOUS CROYEZ QU'ON POURRAIT DESCENDRE QUELQUES CHAISES ? DE L'ÉCOLE ?
EUH... OUI, BIEN SÛR !

SAPIAC ! SAPIAC ! USM, LE BRENNUS ! LE BRENNUS...
SUR L'INTERCEPTION DE PIAZZA, JAMAIS DE LA VIE Y A EN-AVANT !
ET LONDIOS, MILLE DIOU, DEUX ESSAIS !
DELCROS, N'EMPÊCHE, IL A FAIT UN SACRÉ MATCH !
ET MALAVELLE !
REMARQUE, HEUREUSEMENT QUE CRAMPAGNE, IL A RATÉ SES QUATRE PÉNALITÉS !
MAIS MÊME !
1931

MAIS BOURGADE, IL A PLUS QU'À APLATIR ! MARQUESUZAA LA LUI DONNE SUR UN PLATEAU D'ARGENT !
HA HA ! TOI, T'AURAIS BIEN ÉTÉ CAP' DE L'ÉCHAPPER !
HÉ HÉ
HO HAHA
HI HI
HA HA HA ! C'EST VRAI, ÇA ! AVEC TES DEUX MAINS GAUCHES !
HAHA
HA HA HA ! MAIS QU'ILS SONT CONS !
HOHO
HI
HA HA HA !
N'EMPÊCHE, MARQUESUZAA, C'EST LA 3E FOIS QU'IL EST CHAMPION !
MAIS NON ! 2E FOIS. L'AUTRE FOIS, C'ÉTAIT AVEC LOURDES EN 60, CONTRE BÉZIERS...
HAHA
HIHIHI
HAHA
HA HA ! MONIQUE T'A RIVÉ TON CLOU, MICHEL !
C'EST LA BIÈRE, ÇA ! HA HA HA HA !
ET... EN 59 AVEC LE RACING ! CONTRE MONT-DE-MARSAN. 8 À 3 ! SUR L'ESSAI DE BOIZE, IL FAIT UNE PERCÉE DÉCISIVE !
OH, MERDE, ELLE A RAISON !

HOHO
HAHA
ALORS, MONSIEUR LE CURÉ ? GRAND MOMENT, NON ?
VOUS PLAISANTEZ, MONSIEUR LE MARQUIS ?!
AHAH
TÉ, REGARDEZ !
NON ?!
LA DERNIÈRE FOIS QUE JE T'AI VU AVEC CE MAILLOT SOUS TA SOUTANE, C'ÉTAIT...
EH BÉ...
C'ÉTAIT LE JOUR DE MON ORDINATION, PARDI ! JE NE LE METS QUE DANS LES GRANDES OCCASIONS !
AH, ÇA ! AUJOURD'HUI, POUR UNE GRANDE OCCASION !
HAHA
HÉHÉ
HAHA
1965
CHATEAU
MARBUZET
BON, D'UN AUTRE CÔTÉ, L'USM, C'EST PAS LE STADE TOULOUS...
AH, FRANÇOIS, NE ME CHERCHE PAS, HEIN ! PAS AUJOURD'HUI, MACAREL !
HA HA HA HA !

BON, MAIS DITES-MOI, CHERS AMIS, POUR VOUS DEUX, EN TANT QU'ENTRAÎNEURS, LA SAISON A ÉTÉ UN PEU... HEM... DÉCEVANTE, NON ?...
OOOOH... NE M'EN PARLEZ PAS, MONSIEUR LE MARQUIS... DE NOS JOURS, LES JEUNES, ON DIRAIT QU'ILS VEULENT PLUS MOUILLER LE MAILLOT...
ILS FERAIENT BIEN DE PRENDRE EXEMPLE SUR LE PETIT PIAZZA... IL ÉTAIT JUNIOR L'AN DERNIER, ET CETTE ANNÉE, IL EST CHAMPION DE FRANCE !
AH, MAIS VOUS VOULEZ NOUS GÂCHER LA FÊTE, OU QUOI, MONSIEUR LE MARQUIS ?!
OH, NON... EXCUSEZ-MOI ! TENEZ, J'AI APPORTÉ UN VIEIL ARMAGNAC, JE LE GARDAIS POUR UNE GRANDE OCCASION...
HAHA
COMME TON MAILLOT !
HIII H!
HA HA HA HA!!!
QUEL MATCH !
LE BRENNUS À MONTAUBAN !
JE PEUX MOURIR TRANQUILLE !...
ALLEZ, UN PETIT DERNIER !
C'EST PAS RAISONNABLE...
LE BRENNUS, QUOI !!

PARDONNEZ-MOI, SEIGNEUR... JE NE VOUS ENTENDS PAS BIEN, CE MATIN...
ANTOINE !
EH BEN... T'AS L'AIR AUSSI FRAIS QUE MOI, TOI !...
PFFFF... SACRÉE 3E MI-TEMPS !
MÊME ÉVA AVAIT MAL AU CRÂNE, CE MATIN, C'EST DIRE...
TU VIENS D'AMENER MONIQUE À LA GARE ?

C'EST LUNDI. AU CREPS, ELLE DOIT COURIR UN 800 MÈTRES. ELLE N'A PAS BU UNE GOUTTE D'ALCOOL, HIER SOIR !
BÂILLE...
ELLE EST SÉRIEUSE, CETTE PETITE !
OUI, ENFIN... ÇA DÉPEND POUR QUOI... MAIS LE SPORT, ELLE NE RIGOLE PAS AVEC ÇA !
BON, ALLEZ, JE FILE... J'AI UNE USINE À FAIRE TOURNER ! J'ESPÈRE QUE LES OUVRIERS SERONT PLUS FRAIS QUE MOI, MAIS J'AI DES DOUTES...
HA HA HA ! BON COURAGE !
702 - BX 83
1931
BONJOUR, MADAME SERRES !
OH, BONJOUR, MONSIEUR AMADIEU !
N'HÉSITEZ PAS À PASSER À LA PHARMACIE, HEIN, SI VOUS AVEZ BESOIN D'ASPIRINE, HI HI HI !

BONJOUR, MADAME SERRES !
BONJOUR !
BONJOUR, MONSIEUR CASTAN !
BONJOUR !
BONJOUR, MADAME SERRES !
BONJOUR, MADAME PILLON !
ET BONJOUR, MONSIEUR VASSILIU !
BONJOURRRR, MADAME SERRRRES... BELLE JOURRRRNÉE À VOUS...
OUI, À VOUS AUSSI, MONSIEUR VASSILIU...
PHARMACIE
GRMMMFF...
HO HO HO ! TOI... TU AS VICTOIRRRRE DIFFICILE !!
GRMFFF... AH, BEN... MERCI POUR TA COMPASSION, MON VIEUX...
Cordonnerie
HA HA ! VOUS ÊTES FOUS, AVEC RRRRUGBY !
RMMFFF...

MONSIEUR PELLEFIGUES !
MONSIEUR PELLEFIGUES !
ON A GAGNÉ !! ON A GAGNÉ !! LE BRENNUS, M'SIEUR !
OUI, OUI, BON !!! MAIS PAS SI FORT, PAS SI FORT...
ON RENTRE DANS LA CLASSE... EN SILENCE... GRMMMFFF...
RMMMFFF...
BON... LES ENFANTS, SORTEZ VOS CAHIERS DE... EUH... DE CALCUL, TIENS...
OOOOOH ! NON, MONSIEUR, PAS DE CALCUL !
BON, BON, NE CRIEZ PAS SI FORT !... VOUS VOULEZ QU'ON PARLE DU MATCH ?
OUAAAiiiiiiiS !
D'ACCORD, D'ACCORD ! MAIS PAS SI FORT !

SALUT, MAMAN.
AH ! MA VELINE ! TU AS GOÛTÉ ?
PAS ENCORE..
BÉ VAS-Y, TU DOIS AVOIR FAIM ! J'AI PRÉPARÉ DES TARTINES À LA PEAU DE LAIT...
... AVEC DU CHOCOLAT RÂPÉ, COMME TU LES AIMES.
SI JEAN-MICHEL M'EN A LAISSÉ UN PEU !
HA HA ! C'EST VRAI QU'IL FAUT PAS LUI EN PROMETTRE. LE PAUVRE, IL EST EN PLEINE CROISSANCE...
TU AS PASSÉ UNE BONNE JOURNÉE, TOI ?

OUI, OH... ON A PLUS VRAIMENT COURS... ALORS, ENTRE LES ABSENTS ET CEUX QUI S'EN FICHENT D'AVOIR LEUR BAC...
MAIS TOI, TU TRAVAILLES, HEIN ?
OUI, OUI, MAMAN, T'INQUIÈTE PAS. JE VAIS EN ÉTUDE, ET JE FAIS QUE BÛCHER, MOI.
ROOOH, YVELINE !
HI HI HI !
BON, JE FILE GOÛTER ET APRÈS, JE VAIS CHEZ LE MARQUIS !
CHALUT, NANAR !
SALUT, GROSSE TÊTE !

JE VAIS AU CHÂTEAU.
TU VAS PAYER TA DETTE ?
OH, RECOMMENCE PAS AVEC ÇA... C'EST PAS LE BAGNE.
C'EST SÛR QUE C'EST MOINS SALISSANT QUE LA FOSSE À PURIN...
MAIS JE SAIS PAS SI C'EST TRÈS PROPRE QUAND MÊME...
OH, BERNARD !
ON A DÉJÀ PARLÉ DE ÇA ! TU M'EMMERDES !
C'EST LE CAS DE LE DIRE !
C'EST ÇA ! ALLEZ, À TOUT À L'HEURE !
OH, PUTAIN ! FAUT QUE JE FILE À L'ENTRAÎNEMENT !

BROOOO
BROOOO
TRIIIIIT-TRIIIIT-TRIIIIT-TRIIIT...
BERNARD TALAIRAC !
J'ARRIVE !
POUR TOI, CE SERA DEUX TOURS DE TERRAIN SUPPLÉMENTAIRES ! LE RUGBY, C'EST UN SPORT QUI EXIGE DE LA RIGUEUR ET DE LA DISCIPLINE ! ÇA COMMENCE PAR ARRIVER À L'HEURE !
MAIS MONSIEUR LE CURÉ, JE NETTOYAIS L'ÉTABLE...
ICI, JE SUIS PAS CURÉ, MAIS ENTRAÎNEUR. TU DIS : MONSIEUR L'ENTRAÎNEUR ! SI J'ÉTAIS CURÉ, JE T'AURAIS INFLIGÉ DES AVE OU DES PATER. MAIS LÀ, C'EST DEUX TOURS DE TERRAIN !
HA HA HA !

ÇA VOUS FAIT RIRE ? PARFAIT : DEUX TOURS DE TERRAIN SUPPLÉMENTAIRES POUR TOUT LE MONDE !
RÔÔÔH...
ENCORE UNE DIZAINE, MESSIEURS...
MILLE DIOU !
JE T'AI ENTENDU, BRUNO !
TRiiiiiiiiiiT
MACAREL ! MARTIN, ÇA SUFFIT, TES CHISTERAS ! ON N'EST PAS AU CIRQUE ! TU ME FAIS DES PASSES CORRECTES !
TES APPUIS, MICHEL ! TES APPUIS !
BBRAAAAA
ET VOILÀ, BOURRIQUE ! TES APPUIS ! ÇA FAIT QUINZE FOIS QUE JE TE LE DIS ! ALLEZ, HOP ! DEUX TOURS DE TERRAIN !

ALLEZ, ON SE RELÈVE ET ON Y RETOURNE !
AUX JAMBES, MICHEL, AUX JAMBES !
TU AS PEUR DE TE FAIRE MAL, OU QUOI ?! LE RUGBY, C'EST PAS DE LA DANSE DE SALON, C'EST UN SPORT DE COMBAT !
BON, ALLEZ, ON VA TRAVAILLER LES LANCEMENTS EN TOUCHE. CONTRE BEAUMONT, VOUS AVEZ ÉTÉ NULS !

TRiiiiiiiiiiiiT !!
C'EST BON POUR AUJOURD'HUI. RENTREZ CHEZ VOUS ET COUCHEZ-VOUS DE BONNE HEURE.
ARRÊTE DE TCHUQUER COMME ÇA, QUE TU VAS TE FAIRE ÉCLATER LA PANSE !
PUTAIN, JE SUIS CANÉ ! Y VEUT NOUS TUER, LE TONI !
M'EN PARLE PAS ! EN PLUS, MOI, FAUT QUE J'AILLE FINIR DE NETTOYER L'ÉTABLE APRÈS BOUFFER... MARTIN, TU ME FILERAS UN COUP DE MAIN ?
OH ! JE SUIS PAS TON GAFET !
EH ! MOI, J'AI UN PARTIEL, DEMAIN MATIN... TU VEUX PAS Y ALLER À MA PLACE, MARTIN ?
JE T'IMAGINE, TOI, À MA PLACE À DÉMONTER UN MOTEUR DE SOLEX !

OOH, L'ASPERGE ! VOUS AVEZ L'AIR FATIGUÉS, UN PEU... VOUS ALLEZ ENCORE PRENDRE UNE BRANLÉE, DIMANCHE !
HA HA HA ! VOUS EN AVEZ PRIS COMBIEN DANS LA MUSETTE CONTRE BEAUPUY ?
MOINS QUE VOUS !
RAPPELLE-MOI VOTRE CLASSEMENT, DÉJÀ ?!
ATTENDS LE PROCHAIN DERBY, TU VAS VOIR !
T'AS RAISON, ON VA VOIR !
BANDE DE GONZESSES !
BANDE DE BRÊLES !
OH ! C'EST BIENTÔT FINI, VOS COUILLONNADES ?! RENTREZ CHEZ VOUS EN VITESSE ! ET À DIMANCHE.
HA HA HA HA HA HA !

VOILÀ, MONSIEUR, TOUT EST CLASSÉ. J'AI OUVERT UN DOSSIER AVEC TOUS LES PAPIERS POUR LE NOUVEAU TRACTEUR, LE MASSEY FERGUSON. C'EST LE ROUGE, LÀ...
BIEN. TRÈS BIEN. MERCI. BON... ET SINON, MONTAIGNE, ÇA AVANCE ?
OUI, MERCI... C'EST PLUTÔT POUR LES MATHS QUE J'AI UN PEU PEUR...
AH, LÀ... TU SAIS BIEN QUE JE NE PEUX PAS T'AIDER, MA PETITE YVELINE... MAIS, QUOI QU'IL EN SOIT... TU N'ES PAS INQUIÈTE, N'EST-CE PAS ?
OH, NON, MONSIEUR ! C'EST SÛR QUE J'AURAI LE BAC ! ENFIN... JE VEUX PAS AVOIR L'AIR PRÉSOMPTUEUSE, HEIN... MAIS...
MAIS TU CONNAIS TA VALEUR. IL N'Y A PAS À AVOIR HONTE DE ÇA, MA PETITE. NOUS CONNAISSONS TOUS TA VALEUR, TU SAIS. JE SUIS SÛR QUE TU FERAS DE BELLES ÉTUDES À PARIS, EN SEPTEMBRE.

OUI... J'ESPÈRE...
MERCI ENCORE, M. LE MARQUIS.
YVELINE, COMBIEN DE FOIS T'AI-JE DIT DE CESSER DE ME REMERCIER ?
ON NE VA PAS EN PARLER À CHAQUE FOIS QUE TU ME RENDS VISITE, N'EST-CE PAS ? CELA RISQUERAIT DE DEVENIR MONOTONE...
BON, ALLEZ, IL EST TEMPS QUE TU RENTRES. TU DIRAS À TON PÈRE DE PASSER ME VOIR DEMAIN MATIN, D'ACCORD ? IL FAUT QU'ON DÉCIDE CE QU'ON FAIT AVEC LA PARCELLE PRÈS DU BOIS DE FRESCATY.
D'ACCORD ! BONNE SOIRÉE, MONSIEUR !

... ET IL FAUT QUE TU PASSES LE VOIR DEMAIN MATIN...
... POUR FRESCATY.
Y ME FATIGUE AVEC SON FRESCATY.
BON, ET TOI, JEAN-MICHEL...
... ÇA S'EST PASSÉ COMMENT, À L'ÉCOLE ?
IL S'EST FAIT DISPUTER, IL AVAIT PAS BIEN APPRIS SA POÉSIE...
MAIS C'ÉTAIT COMPLIQUÉ !...
TSSS ! C'ÉTAIT QUOI ?
L'AFFICHE ROUGE DE LOUIS ARAGON... C'EST LONG ET C'EST COMPLIQUÉ...
TU AS COMPRIS DE QUOI ÇA PARLE ?
BÉ... LE MAÎTRE NOUS A EXPLIQUÉ... ÇA PARLE DE LA GUERRE ET DES ALLEMANDS.

EN FAIT, ÇA PARLE DES RÉSISTANTS COMMUNISTES...
OUI, QUI ONT ÉTÉ FUSILLÉS PAR LES ALLEMANDS...
PAS PAR LES ALLEMANDS, PAR LES NAZIS !
PARCE QUE TOUS LES ALLEMANDS ÉTAIENT PAS DES NAZIS ! Y AVAIT DES COMMUNISTES AUSSI !!!
HA HA HA HA !
MARTIN, T'AS PENSÉ À FERMER LE POULAILLER ?
OH, MER...
MARTIN ! C'EST PAS POSSIBLE, LÀ ! TU SAIS BIEN QU'IL Y A LE RENARD !
OUI, OUI, J'Y VAIS !

SALUT, MONIQUE !
SALUT !
ÇA VA ?
OUI, OUI, MON PÈRE ME FATIGUE, MAIS BON... C'EST PAS NOUVEAU !
HA HA HA ! QU'EST-CE QU'IL T'A FAIT, ENCORE ?...
OOOH, RIEN DE SPÉCIAL, MAIS IL SE CROIT ENCORE DANS LES ANNÉES 50... PFFF... ET DEMAIN, IL FAUT QUE JE LUI RE-PARLE DE LA BAGNOLE...
IL VEUT TOUJOURS PAS ?

NOOOON ! IL EST PÉNIBLE, JE TE JURE !...
QU'EST-CE QUE TU VAS FAIRE ?
BEN, ON VA VOIR SI MAMAN ARRIVE À LE CONVAINCRE...
EN PLUS, FAUT QUE JE LUI ANNONCE QUE JE COMPTE PAS BOSSER À LA BRIQUETERIE, CET ÉTÉ... RAS LE BOL. QUATRE ANS QUE JE ME TAPE LES ORDRES DE FAGET ET DE MON PATERNEL TOUTE LA JOURNÉE, MARRE !
JE VAIS VOIR SI JE PEUX PAS ÊTRE MONO AU CENTRE AÉRÉ...
AH, OUAIS !
JEAN-MICHEL, IL DIT QUE M. PELLEFIGUES, IL EST GÉNIAL.
ESPÉRONS QU'IL VEUILLE BIEN DE MOI... JE VAIS LUI DEMANDER CE DIMANCHE. PFFF... VIVEMENT NOVEMBRE, QUE J'AIE 21 ANS ET QUE JE SOIS MAJEURE !
T'AS DE LA CHANCE, MOI, J'AI ENCORE TROIS ANS À POIREAUTER !
OUI, MAIS TON PÈRE, LUI, IL EST PAS RÉAC ! ET PUIS MOI, AVEC CETTE FICHUE AFFECTATION À BÉTHUNE...
TU TE RENDS COMPTE, LA CHANCE QUE T'AS DE PARTIR À PARIS, TOI...
OH, OUI, JE ME RENDS COMPTE...
JE ME RENDS COMPTE...

DONG DONG
DONG

HOULÀ ! MARIE, VOUS FEREZ ATTENTION AU PANIER DE PIQUE-NIQUE, SPANGHERO ARRIVE COMME UNE FUSÉE !
OUI, OUI, TU ES BEAU !
ÇA VA, TOI, HEIN ! VIENS PAS BAVER SUR LA NOURRITURE !

AAAAH, SPANGHERO ! TU M'AS APPORTÉ LE BALLON ?!
POF
ALLEZ, SPANGHERO ! SUR L'AILE !
HA HA ! IL COURT VITE POUR UN NUMÉRO 8 !
BON, PAPA, IL FAUT QU'ON PARLE...
OH, ÉVA... ELLE RECOMMENCE... ET TU VAS ÊTRE D'ACCORD AVEC ELLE, COMME D'HABITUDE !
MAIS ÉCOUTE, LE PERMIS, C'EST MOI QUI ME LE SUIS PAYÉ, QUAND MÊME... ET PUIS... IL VA BIEN FALLOIR QUE J'EN AI UNE, DE VOITURE... À BÉTHUNE...
BÉTHUNE... PFFF... PROFESSEURE DE GYM À BÉTHUNE ! ILS SAVENT MÊME PAS CE QUE C'EST QUE LE RUGBY, LÀ-BAS !
OUI, BEN, MALHEUREUSE-MENT, C'EST LÀ OÙ JE SUIS AFFECTÉE !
T'AS VOULU ÊTRE FONCTIONNAIRE ? BEN VOILÀ, TU L'ES... BON, TU AS PAYÉ LE PERMIS, CERTES, MAIS ENFIN, UNE VOITURE... C'EST PAS LE MÊME PRIX. IL VA FALLOIR QUE T'EN FASSES, DES HEURES À LA BRIQUETERIE.
NON, MAIS EN FAIT... JE VOUDRAIS ALLER TRAVAILLER AU CENTRE AÉRÉ... COMME MONO.

?
"MONO" ?
OH, PAPA !
MONITRICE !
HA HA HA !
TU VAS POUVOIR T'ACHETER UNE MERCEDES, AVEC ÇA !
AU MOINS !
OUAIS, BEN JE M'EN FOUS, SI TU VEUX PAS M'AIDER, JE M'ACHÈTERAI UNE 2CV D'OCCASION !
TU POURRAS PAS ESPÉRER MI...
ATTENDS... AU CENTRE AÉRÉ... CHEZ LE BOLCHEVIK ?!
OH, PAPA... ÇA VA...
NON, MAIS ÉVA ! ELLE NOUS FERA TOUT, HEIN ! DÉJÀ QU'ELLE A VOULU ALLER EN CREPS PLUTÔT QU'À SUP DE CO !
ÇA, ÇA AURAIT SERVI À QUELQUE CHOSE ! ELLE AURAIT PU REPRENDRE LA BRIQUETERIE ! ON PEUT PAS DIRE QUE JE SUIS PAS... MODERNE, HEIN !

MAIS NOOOOON ! MADEMOISELLE A VOULU SE SERVIR DE SES JAMBES PLUTÔT QUE DE SA TÊTE ! ET MAINTENANT, ELLE VEUT FRÉQUENTER LES COCOS ! PARFAIT !
... OUAIS, ENFIN BON... JE SAIS PAS S'IL VA VOULOIR...
HEIN ? POURQUOI IL VOUDRAIT PAS ?
BEN, JE SAIS PAS... POUR LUI, JE DOIS ÊTRE UNE FILLE À PAPA...
UNE FILLE À PAPA ?!
AH, BEN ÇA ALORS, C'EST LA MEILLEURE !
MA FILLE, UNE FILLE À PAPA !
BAM
Hi Hi Hi !
Hi Hi Hi !
?
BON, ALLEZ, ON TRAÎNE PAS. JE DOIS REJOINDRE LES GARS SUR LE TERRAIN.
Y A UNE CHANCE QUE VOUS GAGNIEZ ?
EUH... JE DEVRAIS PAS DIRE ÇA, MAIS... AUCUNE... À MOINS QUE SPANGHERO VIENNE JOUER...

LOCAUX
VISITEURS
0
15

TRiiiiiiiiiiiiiiii
OCAUX VISITEURS
5 27

MAIS QUI EST-CE QUI M'A FICHU UNE ÉQUIPE DE BRÊLES PAREILLES ?!
VOUS NE SAVEZ PAS CE QUE ÇA VEUT DIRE, RESPECTER LE MAILLOT !...
DES VRAIES DANSEUSES !
BRAVO, LES ENFANTS... C'ÉTAIT PIRE QUE LA SEMAINE DERNIÈRE...
BON, ALLEZ, JE M'EN VAIS...
J'ESPÈRE QUAND MÊME VOUS VOIR MERCREDI SOIR À L'ENTRAÎNEMENT.
SI ÇA VOUS INTÉRESSE, BIEN SÛR...

* C'EST PAS JOLI.

OUI, EN RUSSIE...
MONSIEUR PELLEFIGUES, JE PEUX VOUS PARLER UNE MINUTE ?
? EUH... OUI...
VOUS NE DEVRIEZ PAS LE CHERCHER APRÈS UN MATCH PERDU, C'EST DANGEREUX... HI HI...
AH, BEN ÉCOUTEZ, C'EST PLUTÔT LUI QUI M'A CHERCHÉ...
C'EST POUR ÇA QUE VOUS ÊTES INTERVENUE ?
POUR SÉPARER L'ÂNE ET LE COCHON ?
HI HI... VOUS SAVEZ QU'ON A UN ÂNE ? IL S'APPELLE SPANGHERO !
HA HA HA ! MOI, HEUREUSEMENT, JE N'AI PAS DE COCHON...
OUF, ON L'A ÉCHAPPÉ BELLE !
HA HA !
ÉCOUTEZ...
... EN FAIT, JE VOULAIS VOUS DEMANDER...
... SI VOUS AURIEZ UNE PLACE DE MONITRICE AU CENTRE AÉRÉ, EN JUILLET...

ELEANOR RIGBY, DIED IN THE CHURCH
AND WAS BURIED ALONG WITH HER NAME
NOBODY CAME
FATHER MCKENZIE, WIPING THE DIRT
FROM HIS HANDS AS HE WALKS FROM THE GRAVE
NO ONE WAS SAVED
ALL THE LONELY PEOPLE
WHERE DO THEY ALL COME FROM?
ALL THE LONELY PEOPLE
WHERE DO THEY ALL BELONG?
RADIO
C'ÉTAIT ELEANOR RIGBY DES BEATLES. VOUS ÉCOUTEZ EUROPE 1, IL EST 21H00...
ON A ÉTÉ MAUVAIS, FAUT RECONNAÎTRE !
OUAIS...
OUAIS...
ÇA FAIT CHIER, SI C'EST POUR PERDRE TOUS LES DIMANCHES, J'AI PLUS ENVIE D'ALLER À L'ENTRAÎNEMENT...
DE TOUTE FAÇON, IL RESTE PLUS QU'UN MATCH. J'IMAGINE LE CURÉ SI TU VENAIS PLUS... IL SERAIT FOUTU D'ALLER VOIR TON PÈRE, CON !
HA HA ! LA TRONCHE DE PAPA ! DÉJÀ QU'IL A JAMAIS AIMÉ QUE VOUS JOUIEZ À CASTELNAU PARCE QUE C'EST LE CURÉ QUI ENTRAÎNE...

REMARQUE, MON PÈRE NON PLUS. JE ME DEMANDE S'IL AURAIT PAS PRÉFÉRÉ QUE JE JOUE À LARROQUE, MÊME SI C'EST L'ÉQUIPE DE L'EXPLOITEUR DU PROLÉTARIAT !
SACRÉ DILEMME !
SACRÉ QUOI ?
DILEMME...
C'EST QUAND TU DOIS CHOISIR ENTRE DEUX PROPOSITIONS CONTRAIRES, OU CONTRADICTOIRES...
... MAIS QU'AUCUNE DES DEUX NE TE CONVIENT...
OH, PUTAIN, L'INTELLO !
OH, PUTAIN, LES PAYSANS !
GROSSE TÊTE !
HA HA HA !
HA HA ! VOUS ÊTES CONS !
HA HA !

DILiiiiiiiiiNG
AH ! BONJOURRR, MADAME POUMÈS. COMMENT VOUS ALLER ?
ÇA VA BIEN, MONSIEUR VASSILIU.
ENFIN...
IL FAUT QU'ON REFASSE LE TOIT, ON A DES GOUTTIÈRES... JE NE SAIS PAS COMMENT ON VA FAIRE.
ET PUIS NOTRE GRAND, CELUI QUI EST AU LYCÉE AGRICOLE... IL NOUS DONNE DES SOUCIS...
OUiiiii... JE SUIS SÛRRRR ÇA VA S'ARRANGER, C'EST BON GARRRÇON !
ET VOTRRRE MARRRI ?
OH, MON MARI... IL CONTINUE D'ESQUINTER SES CHAUSSURES !
REGARDEZ-MOI ÇA...
AH, OUI... JE VAIS METTRRRE PIÈCE ICI... ÇA IRRRA...
JE VAIS FAIRE POUR DEMAIN SOIRRR... DITES-LUI QU'IL PASSE APRRRÈS TRRRAVAIL.
ÇA FERRRA 5 FRANCS.
EH BÉ, C'EST DU RAPIDE ! MERCI, MONSIEUR VASSILIU !
DILiiiiiiiiiNG
ALLEZ, BONNE SOIRÉE.
BONSOIRRRR, MADAME POUMÈS...
COURRRAGE POUR GARRRÇON !
BONSOIR, MONSIEUR CASTAN.
BONSOIR, MADAME POUMÈS.

À NOUS. BONJOURRR, LÉON...
SALUT, MILTIADE. MOI AUSSI, C'EST POUR UNE CHAUSSURE...
... ÇA TOMBE BIEN, T'ES CORDONNIER !
HÉ HÉ ! Y A DEUX ŒILLETS QUI ONT SAUTÉ.
D'ACCORRRD... DÉBUT SEMAINE PRRROCHAINE.
9 FRRRANCS.
QUOI ? POUR DEUX ŒILLETS ?!
MAIS C'EST DU VOL !
ALORS QUE LA MÈRE POUMÈS, TU LUI FAIS 5 FRANCS POUR UN REPÉTASSAGE ?!
EUX TRAVAILLEURS.
TRRRÈS DURRR.
AH, PARCE QUE MOI, JE ME ROULE LES POUCES, PEUT-ÊTRE !!!
TOI COMMERRRÇANT. TU PEUX PAYER...
MACAREL ! MAIS TOI AUSSI TU ES COMMERÇANT !
VOLEUR DE GREC, VA !!!
KKFFFFFFFFF !
PAS GRRREC.
MOI APATRRRIDE...
TU ES BON CHAT, DIOGÈNE...
LEGAL

OOOH, LE BANQUIER ! TU TE RÉVEILLES ?
MONOPOLY
3000 POUR MOI.
OH, PARRRDONNE-MOI ! TIENS, VOILÀ BIFFETONS ! DOLLARRRS ! BON ARRRGENT.
GRANDE FÊTE
PAIN
A. DE MUSSET CONTES
TU SAIS PAS QUOI ? LA FILLE DES AMADIEU, ELLE VEUT FAIRE LE CENTRE AÉRÉ, CET ÉTÉ...
AH BON ? TRRRÈS CHARRRMANTE, PETITE MONIQUE...
OUI, MAIS C'EST PAS LA QUESTION... ELLE EST NÉE AVEC UNE CUILLÈRE EN ARGENT DANS LA BOUCHE... JE SAIS PAS TROP POURQUOI ELLE VEUT TRAVAILLER.
EN FAIT, JE SAIS PAS TROP SI ELLE EST CAPABLE DE GÉRER UN GROUPE DE GAMINS...

ELLE TRRRAVAILLEUSE.
ELLE A FAIT CRRRÊPES...
HA HA !
PAS CRÊPES : CREPS !
CENTRE RÉGIONAL D'ÉDUCATION PHYSIQUE ET SPORTIVE.
OUI... MAIS SPORTIVE OU PAS, C'EST UNE FILLE À PAPA.
PARC
CHANCE
8. 1-2-3-4-5-6-7-8 ! IMPÔTS, PAYEZ 200 !
HA HA ! TU DIS DU MAL : TU ES PUNI !
LES IMPÔTS, C'EST DÉMOCRATIQUE ! JE PAIE AVEC PLAISIR !
TIENS, 200.
MONIQUE, C'EST FILLE DE BOURRRGEOIS, MAIS C'EST GENTILLE FILLE.
QUAND ELLE AU LYCÉE, ELLE APPRRRENAIT GRRREC. MAIS ELLE ÉTAIT TRRRÈS NULLE.
JE LUI AI DONNÉ COURRRS PARRRTICULIERS. ELLE A FAIT PRRROGRRRÈS...
MAIS JE LUI AI APPRRRIS QU'À ATHÈNES, DRRROITS DÉMOCRRRATIQUES PAS ACCORRRDÉS AUX ESCLAVES, ET PAS POURRR FEMMES.
ELLE ÉTAIT TRRRÈS INTÉRRRESSÉE.
GENTILLE FILLE, MONIQUE, ET... INTELLIGENTE...
AH BON ?... EH BEN TANT MIEUX !
EN ATTENDANT, RUE DE LA PAIX. AVEC TROIS MAISONS ! TU ME DOIS UN PAQUET DE POGNON !
JE VAIS AVOIR TA PEAU !

JUIN 1967

LE LUNDI 5 JUIN 1967 À 7H45, L'AVIATION ISRAÉLIENNE ATTAQUE L'ÉGYPTE.
LE 5 AU 6 JUIN : C'EST LE DÉBUT DE LA GUERRE DES SIX JOURS.
... ET AU SOIR DE CE DERNIER JOUR DE GUERRE, IL SEMBLERAIT QU'ENVIRON LA MOITIÉ DE L'AVIATION ARABE SOIT DÉTRUITE...
LE 16 JUIN, GEORGES SÉGUY SUCCÈDE À BENOÎT FRACHON COMME SECRÉTAIRE GÉNÉRAL DE LA CGT.
IL EST BIEN, SÉGUY, IL EST ENTRÉ DANS LA RÉSISTANCE À 16 ANS... DÉPORTÉ À MAUTHAUSEN...
ET PUIS IL EST DE TOULOUSE...
PCF
LE 16 JUIN, LA PREMIÈRE BOMBE ATOMIQUE CHINOISE EXPLOSE DANS LE DÉSERT DU XINJIANG.
SI MÊME LES CHINOIS S'Y METTENT, MAINTENANT !
AH, MAIS VOUS VERREZ QUE ÇA VA FINIR PAR NOUS DÉTRAQUER LE CLIMAT...
LE 26 JUIN, FRANÇOISE DORLÉAC MEURT DANS UN ACCIDENT DE VOITURE PRÈS DE NICE.
ET VOILÀ VOTRE SIROP, MADAME FAGET.
DEUX CUILLÈRES À SOUPE AVANT LES REPAS.
C'EST MALHEUREUX... SI JEUNE...
ET SI JOLIE...
LE 27 JUIN, SUITE À LEUR VICTOIRE, LES ISRAÉLIENS ANNEXENT LA PARTIE EST DE JÉRUSALEM.
... C'EST UNE AGRESSION SIONISTE INJUSTIFIABLE !

LOCAUX VISITEURS
15 31
LOCAUX VISITEURS
06 24
TRiiiii TRiiiii iiiiTR RRiiii
MRPFFzz...

BON... AU MOINS, ON SAIT COMMENT VA FINIR LE SERMON DE TONI DEMAIN MATIN...
"QUE DIEU VOUS GARDE ET AUSSI... QU'IL NOUS DONNE UNE ÉQUIPE AVEC DES JOUEURS VAILLANTS ET COMBATIFS POUR LA SAISON PROCHAINE ! AMEN !"
HI HI !
HA HA HA !
HA HA !
HI HI !
QUE DIEU VOUS GARDE ET AUSSI... QU'IL NOUS DONNE UNE ÉQUIPE AVEC DES JOUEURS VAILLANTS ET COMBATIFS POUR LA SAISON PROCHAINE ! AMEN !
HA HA ! JAMAIS DÉÇU AVEC TONI CAMPARIOL !!
AVEC CAMPARIOL, FAITES PAS LES MARIOLES !
HI HI !
ROOOH ! FICHE-MOI LA PAIX, SPANGHERO ! JE SUIS PAS D'HUMEUR...

HORTENSE, QUELLE EST LA DATE DE LA CRÉATION DE LA COMMUNAUTÉ EUROPÉENNE DU CHARBON ET DE L'ACIER ?
MEUHHH !!!
TSSS ! HORTENSE, T'ES NULLE ! 23 JUILLET 1952. FRANCE-RFA-ITALIE-BÉNÉLUX...
BAC
HORTENSE, EST-CE QUE TU CROIS QU'YVELINE, ICI PRÉSENTE, VA BIEN VOULOIR FAIRE UNE PAUSE ET ME MONTRER SA PETITE CULOTTE ?
MEUUHHH !
AH ! C'EST BIEN CE QUI ME SEMBLAIT, MA VIEILLE HORTENSE !
ANNALES VUIBERT
BAC
ELLE A DIT NON !
ELLE A DIT OUI.
BAC
TU FERAIS MIEUX DE RÉVISER TON "VACHE PREMIÈRE LANGUE", TU NE MAÎTRISES MÊME PAS LES BASES...
OH, MILLE DIOU... J'ABANDONNE...

UNIVERSITÉ De Toulouse
SI VOUS SAVIEZ COMME ILS ATTENDENT LE JOUR DU MARCHÉ, MES GARS : ILS ADORENT LA VIANDE CRUE !
EH OUI, ET AVEC LE CHEVAL, PAS DE RISQUE DE TÉNIA !
BOUCHERIE CHEVALINE
AH, AU FAIT, FAGET...
... ON EN EST OÙ AVEC LA COMMANDE DU TOIT POUR LA SOUS-PRÉFECTURE ?
AH, BEN, C'EST DES FONCTIONNAIRES, MONSIEUR AMADIEU ! FAUT PAS ÊTRE PRESSÉ !
BON, MARTIN, APRÈS, TU VÉRIFIERAS LE CARBU DE LA BLEUE DE M. LACOMBE.

L'HUMA DIMANCHE !
ACHETEZ L'HUMA DIMANCHE !
l'Humanité
PAPA, PAPA ! TU L'ACHÈTES ?
MAIS NON, ENFIN, C'EST DE LA PROPAGANDE COMMUNISTE !
MAIS JE VEUX LIRE *Piiiiif* !
IL EST COMMUNISTE, PIF ?!...
OH, TU M'AGACES ! ARRÊTE DE DIRE DES BÊTISES !
SERGENT PEPPER'S LONELY, SERGENT PEPPER'S LONELY, SERGENT PEPPER'S LONELY HEARTS CLUB BAND...
ALLEZ, BONNES VACANCES ! AMUSEZ-VOUS BIEN ET À BIENTÔT POUR CEUX QUI VIENNENT AU CENTRE AÉRÉ.

OOOUUUAAAAFF !
?!
MAIS...?!
QU'EST-CE QUE VOUS FOUTEZ LÀ, VOUS ?!
MERDE, J'AI OUBLIÉ LE POULAILLER, HIER SOIR !
PUTAIN, GILBERTE S'EST FAIT BOUFFER !
CRAAC
Piii
Piii
Piiii
Pii
ALORS VOUS, VOUS AVEZ LE CUL BORDÉ DE NOUILLES !
Piii
Pii
Piii

ATTENTION, MONSIEUR LE MARQUIS !
PIOUUUUUU !
OH, EXCUSEZ-MOI ! JE NE LES AVAIS PAS VUS !
NE M'EN PARLEZ PAS, C'EST LES POUSSINS DE MARTIN...
... ILS VONT ME RENDRE CHÈVRE !
BON, ALLEZ, RAMASSE-MOI TES BESTIOLES, TOI !
OUI, OUI, ÇA VA !
ALLEZ, VENEZ, LES PITCHOUNETS.
ILS S'APPELLENT MAO, LÉNINE ET FIDEL !
HA HA HA !
LÉNINE, JE COMPRENDS, FIDEL, PASSE ENCORE, MAIS... MAO ?
NORBERT, VOUS ÊTES SÛR QUE C'EST BIEN DANS LA LIGNE DU PARTI ?

AH, BÉ... C'EST PAS MOI QUI LES AI BAPTISÉS, VOUS PENSEZ BIEN !
HA HA ! MAO ! C'EST EXCELLENT !!!
POUIC POUIC
POUIC
POUIC
BON, EH BIEN, JE LÈVE MON VERRE AUX POUSSINS DE MARTIN, MAIS SURTOUT...
... SURTOUT !
AU SUCCÈS D'YVELINE !
SUCCÈS DONT NOUS NE DOUTIONS D'AILLEURS PAS, MAIS SUCCÈS QUI, AVEC CETTE REMARQUABLE MENTION TRÈS BIEN, A DÉPASSÉ NOS ESPÉRANCES !
FÉLICITATIONS !
BRAVO, YVELINE !
MERCI !
OUAIS ! BRAVO, MA VELINE !
BISCUITS DELACRE
JEAN-MI ! NON, MAIS ÇA VA PAS ?!
UN BISCUIT À LA FOIS !
BISCUITS DELACRE

J'ESPÈRE QUE TU VAS PAS CHOPER LE MELON CHEZ LES PARIGOTS !
DÉJÀ QUE TU TE PRENDS POUR L'AÎNÉE PARCE QUE TU ES NÉE DIX MINUTES AVANT MOI...
BÉ QUOI, C'EST UN FAIT !
BIEN. ALORS, DITES-MOI, NORBERT, QUAND EST-CE QUE VOUS AVEZ PRÉVU DE MONTER À PARIS, POUR L'INSCRIPTION À LA FACULTÉ ?
VERS LA FIN JUILLET, JE PENSE.
IL FAUT AUSSI QU'ON S'OCCUPE DE SA CHAMBRE À LA CITÉ UNIVERSITAIRE.
BON... VOUS PARTIREZ QUOI ? TROIS OU QUATRE JOURS ?
VOUS SAVEZ OÙ LOGER, À PARIS ?
OUI, J'AI DES AMIS À LA CITÉ DES FOSSÉS JEAN, À COLOMBES...
AH... BIEN... COLOMBES...
DES CAMARADES, JE SUPPOSE...
OUI... DES CAMARADES...
BON, VOUS SEREZ LOGÉS, C'EST TRÈS BIEN...

ÇA VA, NE DIS RIEN, JE SUIS CONTENT POUR TOI, GROSSE TÊTE.
VRAIMENT !
ET PUIS... JE ME PLAINS PAS... LE LYCÉE AGRICOLE, J'AIME ÇA !
VIENS ICI, GROSSE TÊTE...
MAIS NON, T'AS LES MAINS PLEINES DE GRAISSE...
PUTAIN, T'ES DÉJÀ DEVENUE SNOB !
BIENTÔT, ÇA VA TE GÊNER DE MARCHER DANS LA BOUE !
VIENS ICI, JE TE DIS, JE VAIS FAIRE ATTENTION.

JUILLET 1967

LE 6 JUILLET 1967, LES TROUPES FÉDÉRALES NIGÉRIANES DÉCLENCHENT LA GUERRE DU BIAFRA.

LE 13 JUILLET, PENDANT LE TOUR DE FRANCE, TOM SIMPSON MEURT D'ÉPUISEMENT, DE CHALEUR ET DE DOPAGE SUR LES PENTES DU MONT VENTOUX.

CE MÊME JOUR, À PARIS, EST CRÉÉE L'AGENCE NATIONALE POUR L'EMPLOI.

LE 23 JUILLET, EN RÉPONSE À LA MORT D'UN CHAUFFEUR DE TAXI NOIR ABATTU PAR DEUX POLICIERS, DES ÉMEUTES ÉCLATENT À NEWARK (USA). LA RÉPRESSION FAIT 26 MORTS ET DES CENTAINES DE BLESSÉS.

LE 24 JUILLET, AU BALCON DE L'HÔTEL DE VILLE DE MONTRÉAL, LE GÉNÉRAL DE GAULLE LANCE : "VIVE LE QUÉBEC LIBRRREUUU !"

LE 28 JUILLET, AU ROYAUME-UNI, LE SEXUEL OFFENCES ACT LÉGALISE LES RAPPORTS HOMOSEXUELS ENTRE PERSONNES CONSENTANTES.

EH ! ATTENDEZ-NOUS !
BÉ, GROUILLEZ-VOUS !
BOUDU, ON EST EN RETARD !
J'ESPÈRE QUE M. PELLEFIGUES VA PAS NOUS GRONDER !
MAIS NON ! C'EST LES VACANCES !
C'EST LE CENTRE AÉRÉ ! C'EST SUPER BATH !
BONJOUR, LES ENFANTS !
BONJOUR, ALAIN !
BONJOUR, LILI !
BONJOUR, MONSIEUR !
BONJOUR, MONSIEUR !
VITE ! VITE !
HI HI HI !

JEANNE, BONJOUR !
BONJOUR, MARIE !
BONJOUR, JEANNOT !
BONJOUR, FABIENNE... TON FRÈRE NE VIENT PAS, CET ÉTÉ ?
NON, M'SIEUR... IL DIT QUE C'EST POUR LES PETITS.
EH BÉ, IL NE SAIT PAS CE QU'IL VA RATER ! TU VAS POUVOIR CRÂNER.
BON, BON. IL Y EN A PAS MAL D'ENTRE VOUS QUE JE CONNAIS DÉJÀ, MAIS JE VOIS AUSSI QUELQUES NOUVEAUX.
CETTE ANNÉE, NOUS AVONS UNE NOUVELLE MONITRICE : MONIQUE. PEUT-ÊTRE QUE CERTAINS D'ENTRE VOUS LA CONNAISSENT DÉJÀ...
BEN OUAIS ! C'EST LA FILLE AU PATRON DE MON PÈRE !
HA HA HA !
OUAIS. BEN ICI, C'EST "MONIQUE". ET POUR CEUX QUI M'ONT EU EN CLASSE, LE CENTRE AÉRÉ, C'EST PAS L'ÉCOLE. ALORS MOI, C'EST ÉRIC.
JACOTTE, QUI EST MON ADJOINTE.
ET PIERRE, QUI EST NOUVEAU AUSSI...
IL JOUE À CASTELNAU ! CASTELNAU, C'EST DES BRÊLES !
OH ! QU'EST-CE QUE C'EST QUE CES RÉFLEXIONS, JEANNOT ?! LA SAISON A ÉTÉ DIFFICILE AUSSI POUR LARROQUE, DONC, C'EST PAS LA PEINE DE FAIRE LE MALIN.
ET PUIS DE TOUTE FAÇON, ILS ONT FAIT DE LEUR MIEUX !
ON PARLE PAS COMME ÇA AUX GENS !
EXCUSE-TOI AUPRÈS DE PIERRE.

PARDON, PIERRE...
ÇA VA, C'EST BON...
BON, LES ENFANTS, ASSEYEZ-VOUS EN ROND, JE VAIS VOUS PARLER DE CE QU'ON VA FAIRE CET ÉTÉ.
VOUS SAVEZ QU'À LA FIN DU CENTRE, ON VA FAIRE UN GRAND SPECTACLE...
EH BIEN CE SPECTACLE, ON VA LE PRÉPARER DÈS LE DÉBUT... CETTE ANNÉE, LE THÈME SERA LA RÉSISTANCE ! QUELQUES JOURS AVANT LE DÉBARQUEMENT, UN AVIATEUR ANGLAIS S'ÉCRASE AVEC SON AVION. LES ALLEMANDS LE RECHERCHENT ET LES RÉSISTANTS FRANÇAIS VONT LE SAUVER.
OUAAiiiiiiiS !!!
MOi, JE PEUX ÊTRE LE PILOTE ANGLAIS ?
MOi, JE VEUX PAS FAIRE L'ALLEMAND !
MOi NON PLUS !
MOi, JE VEUX ÊTRE UN RÉSISTANT !
MOi AUSSi! ON VA TUER LES ALLEMANDS !
OUAAiiiiiiS !!!
HOPOPOP ! LES ENFANTS, ON SE CALME... ON REPARLERA DE TOUT ÇA. ET PUIS IL FAUDRA FAIRE LES COSTUMES, L'AVION, ETC. ON A DU PAIN SUR LA PLANCHE !
LES FILLES, ELLES PEUVENT PAS FAIRE LE SPECTACLE ! ELLES SAVENT PAS SE BATTRE.
TSSSS, TSSS : IL Y AVAIT DES FILLES DANS LA RÉSISTANCE, ET POUR LE SPECTACLE, IL Y EN AURA AUSSI POUR L'ARMÉE ALLEMANDE, C'EST UN JEU ! VOUS AIMEZ JOUER ?
OUAAiiiiiiiS !!!

ALLEZ, GISÈLE, À DEMAIN !
À DEMAIN, MONIQUE ! ON S'AMUSE BIEN AVEC TOI !
ET L'AVION ?
DANS LE COIN, ICI.
QUI VA S'OCCUPER DES COSTUMES ?
BAH... MOI, JE VEUX BIEN... MAIS JE VOUS PRÉVIENS, JE SUIS PAS UNE FLÈCHE EN COUTURE...
AH, MERCI, MONIQUE... ET... T'INQUIÈTE PAS, ON N'EST PAS À L'OPÉRA DE PARIS !

ALORS, ÇA SE PASSE TOUJOURS BIEN, AVEC TON COCO ?
PAPAAAA !
VOYEZ, FAGET, JE PEUX RIEN LUI DIRE !
HA HA HA !... C'EST UNE REBELLE, VOTRE FILLE, MONSIEUR AMADIEU.
ET L'AUTRE ABRUTI QUI RICANE !...
MAMAN, JE SUIS RENTRÉE !
AAAH, MA FILLE... QU'EST-CE QUI SE PASSE, TU AS L'AIR ÉNERVÉE...

OH, RIEN, C'EST PAPA, AVEC SES RÉFLEXIONS SUR ÉRIC...
OH, IL DIT PAS ÇA MÉCHAMMENT, TU LE CONNAIS... IL S'INQUIÈTE POUR TOI...
JE VOIS VRAIMENT PAS POURQUOI !
MAIS... TU SAIS BIEN... M. PELLEFIGUES, C'EST... C'EST UN COMMUNISTE, QUAND MÊME !
MAIS ENFIN, MAMAN... IL EST GENTIL, IL EST INTELLIGENT. IL EST SUPER COMME DIRECTEUR DE CENTRE AÉRÉ ! QU'EST-CE QUE ÇA PEUT FOUTRE QU'IL SOIT COMMUNISTE ?!
MONIQUE ! SURVEILLE TON LANGAGE ! TU SAIS BIEN QUE C'EST IMPORTANT POUR TON PÈRE...
QUOI ? QUE JE SURVEILLE MON LANGAGE ? C'EST ÇA QUI EST IMPORTANT POUR VOUS ?!
MAIS NON : QU'IL SOIT COMMUNISTE !
OUAIS, EH BEN PEUT-ÊTRE QUE J'AI PAS ENVIE D'ÊTRE COMME MON PÈRE !
MONIQUE !
ET PEUT-ÊTRE QUE J'AI PAS ENVIE DE SURVEILLER MON LANGAGE NON PLUS !
CLAP
MERDE, À LA FIN !

LOUIS ! ESSAYAGE !
!!
GRIMPE LÀ-DESSUS.
BON...
ET VOILÀ !
BON, TU ES MAGNIFIQUE, JOHN SMITH !

EH BEN MAINTENANT, IL VA FALLOIR QUE JE M'ATTAQUE À MON UNIFORME DE BOCH...
EUH... D'ALLEMAND.
HA HA HA !
HA HA HA !
MERCI, HEIN... DE FAIRE LA BOCHE.
BON, ALLEZ ! LES GRANDS, ATELIER MENUISERIE ! POUR L'AVION !
CLAP
CLAP

SALUT !
SALUT !
ALLEZ, À DEMAIN, TOUT LE MONDE !
À DEMAIN !
AU REVOIR, ÉRIC !
BONNE SOIRÉE !
AÏÏÏÏE !!!
MER... DUM !!!

ACH ! GENERALMAJOR ! FOUS FOUS ÊTES FAIT MAL ?
OH ! T'ES ENCORE LÀ ! JE PENSAIS QUE J'ÉTAIS TOUTE SEULE... J'ESSAIE DE TERMINER CE FOUTU COSTUME, ET LES TRUCS MANUELS, COMME TU PEUX VOIR... C'EST PAS MON FORT...
FAIS VOIR ? AH, MAIS TU ES TRÈS CRÉDIBLE EN OFFICIER ALLEMAND !...
JAWOHL ! CH'AI LES MOYENS TE FOUS FAIRE PARLER, MONZIEUR PELLEFIGUES !
OUI, ENFIN, LÀ, JE NE SUIS PAS MORT DE TROUILLE...
NE FAITES PAS LE MALIN AVEC MOI, MONZIEUR PELLEFIGUES !!!
!!!

AH... LÀ, C'EST BEAUCOUP MIEUX !
ATTENTION, GENERALMAJOR ! VOTRE GRADE SE FAIT LA MALLE !
JE NE VOUDRAIS PAS...
... VOUS FAIRE...
... MAL.

ET ALORS, PASCAL ?
IL S'HABITUE À TON DÉPART ?
JE CROIS PAS, NON.
IL FAIT CELUI QUI S'EN FOUT, MAIS JE VOIS QUE ÇA LE FAIT PÉDALER...
IL DOIT S'IMAGINER QU'À PARIS, ÇA VA ÊTRE LA GROSSE DÉBAUCHE !...
ON PEUT LE COMPRENDRE...
ALORS QU'À BÉTHUNE... !
HA HA HA !
HA HA HA !

NON, MAIS SANS RIRE...
... JE VAIS PAS RESTER À CASTELNAU POUR PAS LUI FAIRE DE PEINE, QUAND MÊME...
PSHHHH FUIIIIIIIII
PAAAAHHH !
AAAAAAH !
AAAAAAH !
OOOOOH !
NON, BIEN SÛR...
PSHIIIII FUIIIII
PAAAH PAAAH !
QUAND EST-CE QUE VOUS PARTEZ AVEC TON PÈRE ?
POUR L'INSCRIPTION...
À LA FIN DU MOIS...
PSHIIIII
PAAAH ! PAH !
PSHIII FU
PAAH ! PAHH ! PAAH

WAOOOH ! MAGNIFIQUE !
HEIN, VIVI ?!
VIV...
BON, ALLEZ, MAINTENANT, AU BAL !
BON, ALORS, VOUS VENEZ AU LIEU DE VOUS VENTOUSER ?
OUI, OUI, ON VOUS REJOINT !...
ALL YOU NEED IS LOVE... PWA-PWAPWAPWA-PWAAAAA...
IL ME FATIGUE !
VIENS, ON VA DANS LES TRIBUNES...
... Y A PLUS PERSONNE.

MAIS ALLEEEEZ…
NON…
J'AI PAS ENVIE…
VIV…
J'AI PAS ENVIE, JE TE DIS !
ALLEZ ! EMBRASSE-MOI…
J'AI PLUS ENVIE.
ON VA REJOINDRE LES AUTRES ?…

BON, BEN, VOILÀ LE TRAIN.
ET J'ENTENDS SIFFLER LE TRAIN...
J'ESPÈRE QU'ON A RIEN OUBLIÉ.
HEIN, VELINE ?
MAMAN A TOUT VÉRIFIÉ DIX FOIS !
ET J'ENTEEEENDS SIFFLER LE TRAIN...
ALLEZ, C'EST QUE POUR TROIS JOURS !
CASTELNAU-SUR-GARONNE, UNE MINUTE D'ARRÊT !

QUE C'EST TRiiiiSTE, UN TRAIN QUI SIFFLE DANS LA NUiiiiiiiT...
OH, MAIS LA FERME !
HA HA !
VIENS EMBRASSER TON PÈRE, GRAND COUILLON !
BON, ALLEZ, PAPA !
ON Y VA !
FAITES PAS TROP DE CONNERIES...
ENFIN, Si POSSIBLE !...
QUE C'EST LOIN OÙ TU T'EN VAS...
QUE C'EST LOIN OÙ TU T'EN VAS... AURAS-TU JAMAIS LE TEMPS DE REVENIR ?
OH, PUTAIN, MAIS TU T'ARRÊTES JAMAIS, TOI !!!
HA HA HA !

VRRR
ROO
SALUT, LES MECS !
AH ! SALUT !
SALUT !
ALORS, YVELINE EST BIEN PARTIE ?
AVEC LE PATERNEL !
À NOUS PARIiiiiS !
EH, VOUS VENEZ AU TERRAIN AVEC NOUS ?
Y A LES POTES QUI JOUENT...
HEIN ?
MAIS CONTRE QUI ?!
NON, ENTRE NOUS...
ON S'AMUSE...
ALLEZ, VENEZ !
UN PEU, QU'ON VIENT !
VROOOOOO

PUTAIN, PIERRE !
T'AS AMENÉ DES ESPIONS !
SALUT, LES BRÊLES !
SALUT, LES GONZESSES !
ON PEUT JOUER AVEC VOUS ?
TOUT À L'HEURE, VOUS AVEZ FAIT UNE DOUBLE CROISÉE.
C'ÉTAIT PAS MAL...
BÉ OUI, MAIS ON S'EST FAIT INTERCEPTER, CON !
PARCE QUE LA DEUXIÈME ÉTAIT TROP PRÉVISIBLE.
OH, PUTAIN !
ON SE FAIT EMMERDER TOUTE LA SAISON PAR LE PÈRE.
ON VA PAS SE FAIRE EMMERDER PAR LA FILLE PENDANT LES VACANCES, EN PLUS !
NON, ATTENDS...
QU'EST-CE QUE TU VEUX DIRE ?
BEN...
... SI TU FAIS LA DEUXIÈME CROISÉE SAUTÉE...
... PHILIPPE, IL A UN BOULEVARD...
ET COMMENT TU FAIS POUR FAIRE LA SAUTÉE AVEC ANTOINE QUI EST À HAUTEUR ?
TU FAIS UNE CHISTERA.

SUR LE CÔTÉ, COMME ÇA.
EN ENROULANT.
MAIS T'ES FOLLE, ÇA PEUT PAS ÊTRE PRÉCIS !
MAIS SI, ÇA SE TRAVAILLE...
AH OUAIS...
ET QU'EST-CE QUE T'EN SAIS, TOI ?
PASSE-MOI LE BALLON.
VA TE METTRE LÀ-BAS.
TOI, METS-TOI ENTRE NOUS DEUX.
PUTAIN !
T'AS EU DU BOL !
ON RECOMMENCE ?
AU CREPS, JE JOUE SOUVENT AVEC LES RUGBYMEN !
BON, ÉVIDEMMENT, JE FAIS PAS LES MATCHS...
... MAIS LES ENTRAÎNEMENTS TECHNIQUES, J'ADORE !
BON, ALLEZ, LES GARS, BONNE SOIRÉE !
ET... SI VOUS VOYEZ MON PÈRE...
CHHTт ! HAHA...
'MANQUERAIT PLUS QU'IL CROIE QUE JE VEUX LUI PIQUER SON BOULOT !!
HA HA HA !
HA HA HA !
COT ?

VEEEENT FRAIS, VEEEENT DU MATiiiiiN !!!
VENT QUI SOUFFLE AUX SOMMETS DES GRANDS Piiiiins !!
DIS DONC, MONIQUE...
... TU NOUS AS IMPRESSIONNÉS, L'AUTRE JOUR, AVEC TON HISTOIRE DE CHISTERA SAUTÉE...
HA HA HA !
QU'UNE FILLE VIENNE VOUS DONNER DES TUYAUX...
... ÇA VOUS A IMPRESSIONNÉS ?!
BEN OUI...
LES GARS DE CASTELNAU VEULENT MÊME QUE T'AILLES LEUR DONNER DES CONSEILS...
MAIS JE LEUR AI DIT QUE T'ALLAIS QUAND MÊME PAS ALLER AIDER CASTELNAU ALORS QUE TON PÈRE ENTRAÎNE LARROQUE.
HA HA !... CE SERAIT PLUTÔT UN ARGUMENT.
JUSTEMENT...
JOiiiiiE DU VENT QUI SOUFFLE !!!
ALLOOOONS DANS LE GRAAAAND...
NON, MAIS ATTENDS...
... MOI, JE JOUE À LARROQUE.
J'AI PAS ENVIE QUE T'AILLES AIDER CASTELNAU !...
AH, MAIS JE SUIS PAS SECTAIRE, MOI...
JE DONNE DES CONSEILS À QUI VEUT...
VEEEENT FRAIS, VEEEENT DU MATiiiiiN !!!
HA HA !
TU DEVRAIS EN PARLER À ÉRIC.
IL A JOUÉ À NARBONNE EN JUNIORS.
ET JE PEUX TE DIRE QU'IL A UNE TRÈS BONNE LECTURE DU JEU...
VOUS AVEZ PARLÉ RUGBY ?
BÉ OUI !
ON PARLE DE PLEIN DE CHOSES...

BRAVO!!!
BRAVO!!
CLAP
CLAP
GÉNIAL !
CLAP!! CLAP!!
CLAP!
CLAP!!
CLAP!
OUUAiiiS !
BRAVO!
CLAP!
BRAVO !!!
CLAP!!

CLAP!
CLAP!!

CLAP!!
CLAP!!
CLAP!!
CLAP!!
CLAP!!

TROP BIEN !
C'ÉTAIT SUPER !
OUI, SUPER !
OUAAAAAIS !
EH BÉ MOI, JE L'AI TUÉ, À CHRISTOPHE.
MAIS Y VOULAIT PAS MOURIR !
JE SAIS !
C'EST MOI QUI LUI AI DIT : "ON EST MORTS, CHRISTOPHE !"
SUPER !
HI HI HI !
HA HA HA !

AOÛT 1967

LE 2 AOÛT 1967 S'OUVRE À ROTTERDAM LE 52E CONGRÈS MONDIAL D'ESPÉRANTO.

LE 13 AOÛT, UN SÉISME D'UNE MAGNITUDE DE 5,5 SUR L'ÉCHELLE DE RICHTER DÉTRUIT À 80 % LE VILLAGE D'ARETTE (BASSES-PYRÉNÉES), FAISANT UNE VICTIME.

LE 21 AOÛT À MARTELANGE (BELGIQUE), UN CAMION-CITERNE FRANÇAIS CONTENANT 45000 LITRES DE GAZ LIQUIDE EXPLOSE APRÈS AVOIR PERCUTÉ UN PONT À LA FRONTIÈRE LUXEMBOURGEOISE, FAISANT 44 MORTS ET DE NOMBREUX BLESSÉS.

LE 22 AOÛT, LE PRÉSIDENT MALIEN MODIBO KEÏTA SUSPEND LA CONSTITUTION ET S'ARROGE LES PLEINS POUVOIRS.

LE 27 AOÛT, JACK BRABHAM REMPORTE, SUR BRABHAM, LE PREMIER GRAND PRIX DU CANADA DE FORMULE 1.

LE 28 AOÛT, THURGOOD MARSHALL DEVIENT LE PREMIER JUGE NOIR À SIÉGER À LA COUR SUPRÊME DES ÉTATS-UNIS.

ALORS ?
COMMENT T'AS RÉUSSI À PIPEAUTER TON PÈRE ?
JE LUI AI DIT QUE JE PARTAIS VOIR MA COUSINE, À FOIX !
ET PUIS J'AI APPELÉ MA COUSINE POUR LA PRÉVENIR.
ELLE M'EN DOIT UNE, J'ARRÊTAIS PAS DE LA COUVRIR QUAND ON ÉTAIT GAMINES !
IMPECCABLE !
À NOUS LES IZARDS, LES FEUX DE CAMPS ET LES NUITS CAILLOUTEUSES !
HA HA HA !
TU SAIS PARLER AUX FEMMES, TOI !

DEMAIN, IL NOUS RESTE TROIS HEURES D'ASCENSION.
TU VAS VOIR, DU SOMMET DU CARLIT, LA VUE EST INCROYABLE.
JE TE JURE, C'EST...
ÉRIC... J'AI ENVIE DE LE FAIRE.
BEN... OUI, ON VA LE FAIRE DEMAIN.
PAS LE CARLIT !
J'AI ENVIE DE...
DE... LE FAIRE, QUOI...
OH... T'ES SÛRE ?
MOI AUSSI J'AI ENVIE.. TRÈS ENVIE.
TU TE SENS PRÊTE ?
OUI ! JE VEUX ESSAYER...
TOI, TU...
...TU L'AS DÉJÀ FAIT, BIEN SÛR...
OUI...

LES AUTRES FILLES, ELLES ONT EU MAL ?
BEN... JE SAIS PAS...
... TU ES LA PREMIÈRE POUR QUI C'EST LA PREMIÈRE FOIS...
AH...
VIENS.

BOUDU ! MAIS T'ES FOLLE, TOI ?! TU FAIS DE LA MOB AVEC TON PLÂTRE...
HA HA HA ! J'AI ATTENDU QUE MA MÈRE SOIT SORTIE, SI ELLE M'AVAIT VUE, ELLE AURAIT FAIT UNE ATTAQUE !
BON, ALORS ? RACONTE, COMMENT TU T'ES FAIT ÇA ?
BEN, EN RANDO, EN DESCENDANT DANS UN ÉBOULIS, MA CHEVILLE S'EST TORDUE ET CRAC. GROSSE ENTORSE ! ÇA M'A FAIT UN MAL DE CHIEN !
T'AS FAIT DE LA RANDO AVEC TA COUSINE ?
EUH... J'ÉTAIS PAS CHEZ MA COUSINE... J'ÉTAIS AVEC ÉRIC...
OH, PUNAISE, J'EN ÉTAIS SÛRE !!!
N'IMPORTE QUOI !
SI, JE TE JURE ! DÈS QUE TU PARLAIS DE LUI, TU DEVENAIS AUSSI ROUGE QUE LES TOMATES DE MA MÈRE !

MAIS SI T'ES PARTIE AVEC LUI EN VACANCES...
MAIS...
... C'EST QUE ÇA FAIT UN MOMENT QUE ÇA DURE, CETTE HISTOIRE ?
DEPUIS LE CENTRE AÉRÉ...
QUOI ?
ET TU NE M'AS RIEN DIT ?!
POURQUOI TU NE M'AS RIEN DIT ?
TU SAIS... PENDANT LES VACANCES...
... ON A...
VOUS AVEEEEZ... ?
BEN...
... FAUT VRAIMENT QUE JE TE FASSE UN DESSIN ?
AAAAH !
OOOH !
MINCE ALORS !... AVEC TON PLÂTRE ?
MAIS NON, QUE T'ES BÊTE !
AVANT !
APRÈS, IL M'A RAMENÉE EN VOITURE JUSQU'À L'HOSTO À MONTAUBAN.
ET PUIS J'AI FAIT SEMBLANT D'ARRIVER PAR LE TRAIN À CASTELNAU.
ET MON PÈRE EST VENU ME CHERCHER...
EH BÉ !
QUELLE HISTOIRE !
EEEET... C'ÉTAIT BIEN ?
DE ME FAIRE UNE ENTORSE ?
MAIIIS !
ARRÊTE !
ALLEZ, RACONTE !
BEN... C'ÉTAIT...
C'ÉTAIT SUPER...
... MAIS RACONTE !...
ÇA T'A PAS FAIT MAL ?
UN PEU AU DÉBUT, MAIS... APRÈS, ÇA ALLAIT MIEUX...
C'ÉTAIT BON, ALORS ?
EUH... OUI. ENFIN...
OUI...
C'ÉTAIT PAS GÉNIAL ?
BEN...
... PAS COMPLÈTEMENT.

MAIS T'AS DÉJÀ EU DU PLAISIR... COMPLÈTEMENT ?
... OH... EUH...
C'EST GÊNANT...
ALLEEEEZ...
BEN... ENFIN, TU VOIS...
TOUTE SEULE...
HA HA HA !
AH, OUI...
MAIS... ALORS...
... AVEC ÉRIC, C'EST MOINS BIEN QUE QUAND T'ES TOUTE SEULE ?
BEN... C'EST DIFFÉRENT.
MAIS... CE QU'Y A... C'EST QUE...
... J'OSERAIS PAS FAIRE ÇA DEVANT ÉRIC !...
AH, OUI, ÇA, C'EST SÛR !
MAIS JE SAIS PAS...
... ÇA LE DÉRANGERAIT PEUT-ÊTRE PAS...
T'ES AMOUREUSE ?
AH, OUI, ALORS !!!
ET TU SAIS QUOI ? FINALEMENT, CETTE ENTORSE, C'EST UN COUP DE BOL !
AH BON ?
POURQUOI ?
BEN... MON POSTE À BÉTHUNE, JE PEUX PLUS Y ALLER !
LÀ, J'AI UN MOIS DE PLÂTRE ET ENSUITE, AVEC LA RÉÉDUC', J'EN AI POUR DEUX BONS MOIS DE PLUS...
PEUT-ÊTRE MÊME QUE JE VAIS POUVOIR GRATTER JUSQU'À NOËL !
PARCE QUE TU VOIS...
... DÉJÀ QUE J'AVAIS PAS TROP ENVIE D'Y ALLER, MAIS MAINTENANT...
... AVEC ÉRIC...
... PLUS DU TOUT !
NI À BÉTHUNE NI AILLEURS...
BEN OUI, MAIS APRÈS ?
APRÈS, JE SAIS PAS...
BON... ET TOI ?
PASCAL ET TOI... VOUS...
... VOUS N'AVEZ RIEN FAIT ENCORE ?
NON. MAIS LUI, IL VEUT.
MAIS JE SAIS PAS TROP.
JE L'AIME ET TOUT, HEIN... MAIS J'AI UN PEU LA PÉTOCHE...
IL INSISTE ?
NON, NON...
ENFIN, UN PEU...
JE VOIS BIEN QUE ÇA LE RASSURERAIT SI ON LE FAISAIT AVANT QUE JE PARTE, QUOI.
ET TU VAS LE FAIRE ?
OUI, NON...
JE CROIS.
J'EN SAIS RIEN...
J'EN SAIS RIEN.

BON, LES GARS, VOUS SAVEZ TOUS QUE MONIQUE S'EST ESQUINTÉ LA CHEVILLE.
DU COUP, C'EST MOI QUI M'Y COLLE.
MAIS COMME C'EST LA RENTRÉE DANS QUELQUES JOURS ET QUE JE NE PEUX PAS ÊTRE PARTOUT À LA FOIS, J'AI PRÉFÉRÉ VOUS RASSEMBLER TOUS...
... CASTELNAU ET LARROQUE, POUR QU'ON VOIE ENSEMBLE COMMENT JE PEUX VOUS AIDER...
JE SAIS QUE ÇA PEUT PARAÎTRE BIZARRE PARCE QUE VOUS ÊTES DEUX ÉQUIPES CONCURRENTES, MAIS POUR MOI, LE PLUS IMPORTANT, C'EST LE RUGBY !
ET LE RUGBY, C'EST UN JEU.
UN JEU FORMIDABLE AVEC DES RÈGLES BIZARRES.
CETTE HISTOIRE DE SE PASSER LA BALLE EN ARRIÈRE POUR ALLER VERS L'AVANT...
... FRANCHEMENT, QUAND ON Y RÉFLÉCHIT...
HA HA HA !
HA HA HA !
HA HA HA !
MAIS C'EST UN JEU GÉNIAL OÙ DES GROS JOUENT AVEC DES ABLETTES.
OÙ L'INDIVIDU DOIT S'EFFACER DERRIÈRE LE COLLECTIF !
C'EST UN JEU OÙ IL FAUT AIMER VRAIMENT SES COÉQUIPIERS.
IL FAUT ÊTRE CAPABLE DE SE FAIRE MAL POUR LES AUTRES.
ET C'EST UN JEU OÙ IL FAUT RESPECTER SES ADVERSAIRES, SINON ON A DE MAUVAISES SURPRISES.
MAIS AVANT TOUT...
... AVANT TOUT... UN JEU, C'EST FAIT POUR QUOI ?
BEN... POUR SE FAIRE DES GONZESSES !
HA HA !
BON, ÇA, C'EST UN EFFET SECONDAIRE POSSIBLE, EN EFFET...
... MAIS SI TU VEUX PLAIRE AUX FILLES, IL FAUT QUE TU SOIS BON !
ET POUR ÊTRE BON, IL FAUT...?
S'ENTRAÎNER ?
OUI, MAIS SURTOUT S'AMUSER !
PRENDRE DU PLAISIR !
IL Y A DES RÈGLES, OUI, PARCE QUE SINON, C'EST L'ANARCHIE...
... MAIS L'IDÉE QUE JE ME FAIS DU RUGBY, C'EST JUSTEMENT QUE CES RÈGLES OFFRENT UN CADRE COLLECTIF DANS LEQUEL LES INDIVIDUS PEUVENT S'EXPRIMER !
C'EST ÇA QUI DONNE DU BEAU JEU !
ALORS, JE VOUS PROPOSE QU'ON S'AMUSE AVEC QUELQUES COMBINAISONS ORIGINALES, QUE JE VOUS AI JAMAIS VUS FAIRE LA SAISON DERNIÈRE.
ALLEZ, HOP, EN PLACE !

SEPTEMBRE 1967

LE 1ER SEPTEMBRE 1967 S'ACHÈVE LA CONFÉRENCE DE KHARTOUM. LES PAYS ARABES S'ENGAGENT À NE PAS RECONNAÎTRE ET À NE PAS NÉGOCIER NI CONCLURE DE TRAITÉ DE PAIX AVEC L'ÉTAT D'ISRAËL.

LE 3 SEPTEMBRE, LA SUÈDE ADOPTE LA CONDUITE À DROITE.

LE 7 SEPTEMBRE, AUX ÉTATS-UNIS, LE WOMEN'S LIB EST FONDÉ.

LE 10 SEPTEMBRE, LA POPULATION DE GIBRALTAR VOTE À 99,6% LE MAINTIEN DU ROCHER SOUS LA TUTELLE BRITANNIQUE.

LE 24 SEPTEMBRE, AUX ÉLECTIONS CANTONALES, LE PARTI COMMUNISTE FRANÇAIS OBTIENT 24,4% DES VOIX. LA MAJORITÉ DE DROITE PROGRESSE ÉGALEMENT.

LE 27 SEPTEMBRE, LA TÉLÉVISION COMMENCE À EMETTRE EN MONGOLIE.

C'ÉTAIT BIZARRE, QUAND MÊME, DE MÉLANGER LES ÉQUIPES.
AU DÉBUT, QUAND JE VOYAIS UN MEC DE LARROQUE AVEC LA BALLE, JE NE SAVAIS PAS SI JE DEVAIS APPELER LA PASSE OU LE PLAQUER !
HA HA !
PAREIL POUR MOI !
MAIS ON S'EST BIEN MARRÉS !
AH, ÇA, OUI !
À PART CE CON DE FAGET QUI SAIT PAS S'AMUSER...
HA HA HA !
C'EST BIEN LE FILS DE SON PÈRE !
ÇA ! MON PÈRE, IL DIT QU'À LA BRIQUETERIE, ILS L'APPELLENT PÉTAIN !
HA HA !
PUTAIN ! PÉTAIN !
HA HA HA !
HA HA HA !

DIS DONC...
... FIDEL ET LÉNINE, ÇA A QUAND MÊME L'AIR D'ÊTRE DES PONDEUSES...
JE SAIIIIIS!
Y A QUE MAO QUI EST UN COQ.
FIDEL ET LÉNINE SONT DES GONZESSES...
HA HA !
SI PAPA T'ENTENDAIT !!!
BEN, ELLES FONT DES HEURES SUP, LÀ...
TU DEVRAIS PAS ALLER LES METTRE AU LIT ?...
HEIN ?
AH, OUI, OK, ÇA VA, J'AI COMPRIS.
MAO, LÉNINE, FIDEL !
ON NOUS FAIT COMPRENDRE QU'IL FAUT Y ALLER, LÀ...
ATTENDS ! JE RENTRE AVEC TOI.
NON ! VIV...
RESTE ENCORE UN PEU...
VOS VIEUX SONT DÉJÀ COUCHÉS, DE TOUTE FAÇON...
OUI, MAIS JE SUIS CREVÉE...
OH, ALLEZ...
VIVI !

C'EST UNE POUPÉÉÉÉÉÉÉÉE QUI FAIT NON, NON, NON...
OH, MAIS QU'IL EST CHIANT, LUI, AVEC SES CHANSONS À LA CON...
BON, OK...
... JE RESTE UN PEU, MAIS PAS TROP LONGTEMPS, HEIN...
ALLEZ, ROULEZ-VOUS DE BONNES PELLES, LES AMOUREUX !
MAIS PUTAIN... YVELINE...
MAIS QU'EST-CE QUE T'AS ?
ÇA FAIT UN AN QU'ON SORT ENSEMBLE !
UN AN !
JE PIGE PAS ! JE SUIS QUOI POUR TOI ?
UN JOUET QUE TU VAS JETER DÈS QUE TU SERAS À PARIS ?
MAIS DIS PAS DE BÊTISES !
TU SAIS QUE JE T'AIME ! MAIS...
... J'AI... J'AI LA PÉTOCHE, QUOI !
ET PUIS J'EN AI MARRE QUE TU ME PRESSES.

MAIS TU PARS DANS UNE SEMAINE !
BÉ OUI, MAIS JE REVIENS À LA TOUSSAINT, QUAND MÊME...
OUAIS. BEN, LA TOUSSAINT... C'EST LOIN, LA TOUSSAINT...
BON...
... RETROUVE-MOI ICI DEMAIN SOIR... À 6 HEURES.
BÉ...
... POURQUOI ?
OH !...
TU VEUX VRAIMENT QUE JE TE FASSE UN DESSIN ?
AH ?
NON, MAIS ATTENDS...
... JE VEUX QUE T'EN AIES ENVIE, TOI AUSSI...
JE VEUX PAS TE FORCER...
MAIS J'EN AI ENVIE, PASCAL !
J'AI JUSTE LA TROUILLE.
TU M'ÉNERVES, MAIS... J'EN AI ENVIE.

… ÇA VA, VIV ?
OUI, OUI.
ÇA VA.
MAIS…
… C'ÉTAIT BON POUR TOI ?
OUI, OUI.
C'ÉTAIT BON.
… CE SERA ENCORE MIEUX LA PROCHAINE FOIS !
OUI, SÛREMENT.
ET POUR TOI ? C'ÉTAIT BIEN ?
AH, POUR MOI… C'ÉTAIT SUPER.

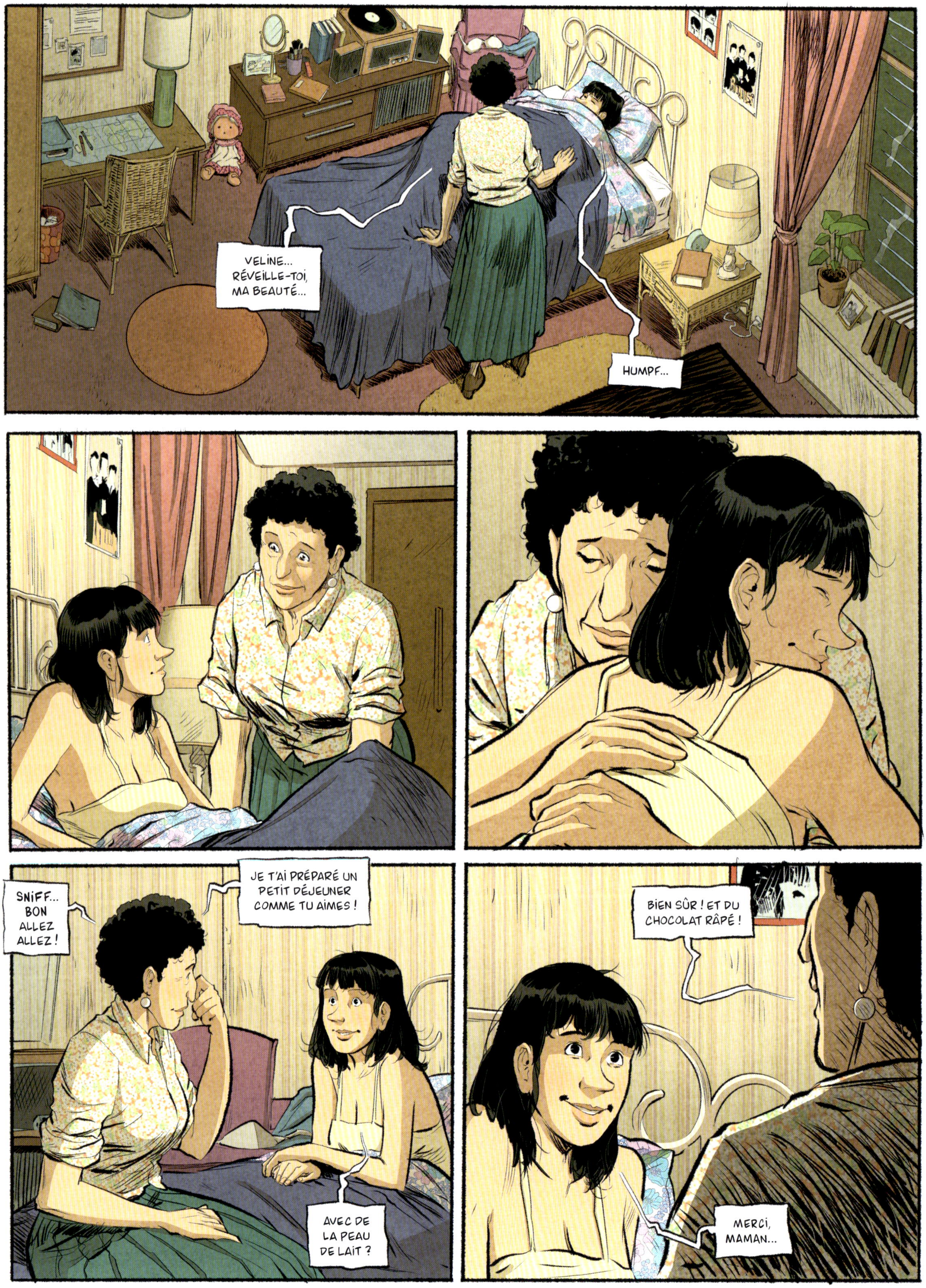
VELINE... RÉVEILLE-TOI, MA BEAUTÉ...
HUMPF...
SNIFF... BON ALLEZ ALLEZ !
JE T'AI PRÉPARÉ UN PETIT DÉJEUNER COMME TU AIMES !
AVEC DE LA PEAU DE LAIT ?
BIEN SÛR ! ET DU CHOCOLAT RÂPÉ !
MERCI, MAMAN...

CASTELNAU

SI TU CHANTES, JE TE TUE.

BONJOUR, ÉRIC.
MAINTENANT, C'EST "MONSIEUR", ON EST À L'ÉCOLE, PLUS AU CENTRE AÉRÉ !
HA HA !
...ET CETTE ANNÉE, JE COMPTE SUR VOUS POUR FAIRE PREUVE DE DISCIPLINE.
DU TRAVAIL !
DE LA RIGUEUR !
ET LE RESPECT DES CONSIGNES !
ALLEZ, HOP : SIX TOURS DE TERRAIN POUR COMMENCER !
VOUS AVEZ ESSAYÉ DE LUI PARLER, VOUS, À AMADIEU ?
BÉ OUI, MOI. MAIS...
... JE ME SUIS FAIT ENVOYER CAGUER !
PAREIL POUR NOUS !
PUTAIN, MOI, JE VAIS FINIR PAR ARRÊTER !
JE VAIS JOUER AVEC L'ÉQUIPE DE LA FAC, ET PUIS BASTA !
BÉ NON, DÉCONNE PAS !
TU VAS PAS NOUS LÂCHER !
... OUI, CHEZ MOI AUSSI...
COMME L'AN DERNIER. PIRE, MÊME...
C'EST LAMENTABLE !
ON A ÉTÉ TROP LAXISTES !
ON AURAIT DÛ LEUR SERRER LA VIS UN PEU PLUS...

ACHÉTEZ L'HOUMANITÉ DIMANCHE !
LÉ PARTI COMMOUNISTE EST DÉVÉNOU LÉ PRÉMIER PARTI DÉ FRANCE.
AH ! C'EST BIEN, NON ?
OUI, MAIS NON !
LE DÉCOUPAGE ÉLECTORAL EST SCANDALEUX !
ON A 133 SIÈGES AVEC 1 800 000 VOIX ALORS QUE LES GAULLISTES EN ONT 192 AVEC 1 000 000 DE VOIX !
AH, QUAND MÊME !...
MONSIEUR, MON PAPA, IL DIT QUE VOUS ÊTES UN COCO, C'EST COMME LES NOIX DE COCO ?
si vous l
HA HA HA !
HA HA HA !
HA HA HA !
HA HA !
NON, UN COCO, C'EST COMME ÇA QUE CERTAINES PERSONNES APPELLENT LES COMMUNISTES...
VOUS SAVEZ CE QUE C'EST ?
OUI.
NON.
OUI.
NON.
OUI.
NON.
BON, JEAN-PAUL, VA CHERCHER LA CARTE DE L'URSS...
... ON VA FAIRE UN PEU D'HISTOIRE ET DE GÉOGRAPHIE...

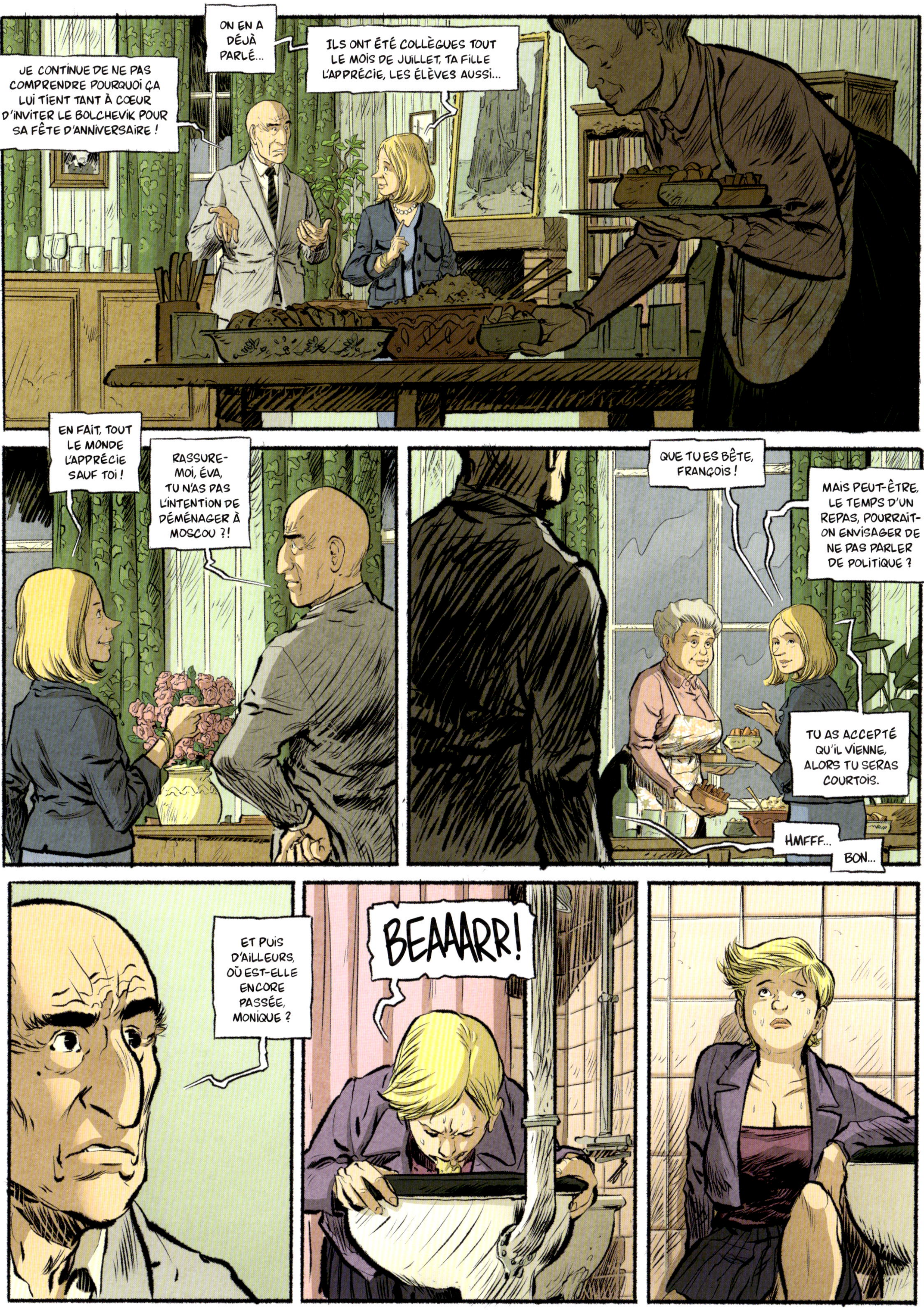
JE CONTINUE DE NE PAS COMPRENDRE POURQUOI ÇA LUI TIENT TANT À CŒUR D'INVITER LE BOLCHEVIK POUR SA FÊTE D'ANNIVERSAIRE !
ON EN A DÉJÀ PARLÉ...
ILS ONT ÉTÉ COLLÈGUES TOUT LE MOIS DE JUILLET, TA FILLE L'APPRÉCIE, LES ÉLÈVES AUSSI...
EN FAIT, TOUT LE MONDE L'APPRÉCIE SAUF TOI !
RASSURE-MOI, ÉVA, TU N'AS PAS L'INTENTION DE DÉMÉNAGER À MOSCOU ?!
QUE TU ES BÊTE, FRANÇOIS !
MAIS PEUT-ÊTRE, LE TEMPS D'UN REPAS, POURRAIT-ON ENVISAGER DE NE PAS PARLER DE POLITIQUE ?
TU AS ACCEPTÉ QU'IL VIENNE, ALORS TU SERAS COURTOIS.
HMFFF...
BON...
ET PUIS D'AILLEURS, OÙ EST-ELLE ENCORE PASSÉE, MONIQUE ?
BEAAARR !

Ding Dong

BONJOUR, MONSIEUR AMADIEU.
MERCI BEAUCOUP POUR L'INVITATION.
BONJOUR, MONSIEUR PELLEFIGUES.
AH, VOUS SAVEZ... QUAND IL S'AGIT DE FAIRE PLAISIR À MA FILLE...
OH ! UN CADEAU ? IL NE FALLAIT PAS...
J'ESPÈRE QU'IL S'AGIT DE QUELQUE CHOSE D'APPROPRIÉ POUR UNE JEUNE FILLE DE SON ÂGE, AU MOINS...
N'AYEZ AUCUNE CRAINTE, MONSIEUR...
BIEN.
JE VOUS LAISSE ALLER SALUER MONIQUE.
BONJOUR, ÉRIC...
BONJOUR...
EH BEN ALORS...
QU'EST-CE QUE TU AS, T'ES TOUTE PÂLE... ?
JE...
VIENS PAR LÀ.
J'ARRÊTE PAS DE VOMIR...
... AH ?
NON, MAIS JE VEUX DIRE, EUH...
VRAIMENT, QUOI !
NON... !!

Si...
ENFIN, JE SAIS PAS...
... MAIS JE CROIS BIEN.
ET TU DÉCIDES DE ME DIRE ÇA CE SOIR ?
JE VOULAIS PAS...
MAIS JE SAIS PAS...
PURÉE, C'EST LE BORDEL...
MES PARENTS VONT M'ASSASSINER...
AH, LA VACHE ! C'EST SURTOUT MOI QU'ILS VONT ASSASSINER !!
BON, ATTENDS. CALME-TOI.
TOI, T'ESSAIES DE PAS VOMIR. ET MOI, BEN...
... JE VAIS ALLER PARLER AVEC QUELQU'UN D'AUTRE, UN PEU.
ON PARLERA DE TOUT ÇA TRANQUILLEMENT DEMAIN, OK ?
OK...

OH, DES OEUFS MIMOSA. J'ADORE !
EUH... EXCUSEZ-MOI !
BEARR !
MONIQUE.
DE DEUX CHOSES L'UNE, MA PETITE FILLE.
SOIT TU FAIS DES CRISES DE FOIE CARABINÉES DEPUIS DEUX SEMAINES...
... SOIT TU ES ENCEINTE.
JE TE PRÉVIENS, JE NE ROUVRE PAS CETTE PORTE TANT QUE TU NE M'AURAS PAS DIT LA VÉRITÉ.
JE...
... J'SUIS DÉSOLÉE, MAMAN...
BON, BON. EH BIEN...
... ON EN PARLERA PLUS TARD.
LÀ, TON PÈRE NOUS ATTEND AVEC TES INVITÉS.
ALLEZ. REPRENDS-TOI.

OOOH, ÉRIC...
... QUEL BEAU SAC !
IL EST MAGNIFIQUE !
JE L'AI COMMANDÉ À MILTIADE SPÉCIALEMENT POUR TOI...
BON, ALORS !
OUVRE TON CADEAU, MAINTENANT. C'EST DE LA PART DE TA MÈRE ET MOI.
MERCI... VRAIMENT, C'EST TRÈS GENTIL.
OH, UN PARFUM !
MERCI, PAPA ET MAMAN.
EH BIEN ! SENS-LE !
OH, JE... JE TE FAIS CONFIANCE, PAPA...
LÀ, AVEC TOUTES CES ODEURS DE NOURRITURE, J'EN PROFITERAIS PAS...
JE LE SENTIRAI DEMAIN...

MAIS ENFIN...
TU EN FAIS DES HISTOIRES !
MONIQUE...
... QU'EST-CE QUE TU AS ?
TU AS BU ?!
FRANÇOIS... LAISSE-LA, ELLE EST PATRAQUE...
JE LE VOIS BIEN QU'ELLE EST PATRAQUE !
CE QUE JE VOUDRAIS SAVOIR, C'EST POURQUOI !
C'EST DANS CE CENTRE AÉRÉ QUE TU AS APPRIS À BOIRE ?
TU N'ES PLUS LA MÊME DEPUIS CET ÉTÉ ! TU TE LAISSES ALLER, TU ES TOUT LE TEMPS DE MAUVAISE HUMEUR...
... ET MAINTENANT, TU BOIS ?!
MAIS NON... JE BOIS PAS...
À D'AUTRES, HEIN !
JE SAIS RECONNAÎTRE UNE PERSONNE IVRE QUAND J'EN VOIS UNE !
CHÉRI...
... LAISSE-LA UN PEU...
AH, NON, HEIN !
NE VIENS PAS LA DÉFENDRE ENCORE UNE FOIS !
PAPA, J'AI... J'AI RIEN BU, JE...

BEAARK!
... OH, NON...
TON BEAU SAC...
DONNE-LE-MOI, JE VAIS ALLER LE NETTOYER...
OH, NON, JE VEUX PAS QUE TU VOIES ÇA, C'EST DÉGUEU...
C'EST AVEC VOUS QUE MA FILLE A APPRIS À BOIRE, N'EST-CE PAS ?!
IL A BON DOS, LE TRAVAIL D'ÉQUIPE !
OH, MERDE, PAPA !
MAIS PUISQUE JE TE DIS QUE J'AI PAS BU !
PAS UNE GOUTTE, SI TU VEUX TOUT SAVOIR !
PARCE QUE JE... JE PEUX PAS BOIRE !
JE...
... JE SUIS ENCEINTE...
... QUOI ?
JE SUIS ENCEINTE D'ÉRIC. ET JE L'AIME.
ON S'AIME. VOILÀ.
MAIS... MAIS...
MAIS... ÉVA ? TU SAVAIS, TOI ?
PAS AVANT CE SOIR...

BON... JE CROIS QUE LA FÊTE EST TERMINÉE.
SI ÇA NE VOUS DÉRANGE PAS DE RENTRER CHEZ VOUS...
MARIE, VOUS POUVEZ RACCOMPAGNER TOUT LE MONDE, S'IL VOUS PLAÎT ?
VOUS. DEMAIN. 10 HEURES. ICI.
OU PLUTÔT NON. MIDI.
DEMAIN, C'EST DIMANCHE, IL Y A LA MESSE. MAIS J'IMAGINE QUE VOUS AUTRES, VOUS VOUS EN FICHEZ.
D'ACCORD, MONSIEUR.
DEMAIN MIDI.
JE TE RACCOMPAGNE.
MONIQUE, VA TE COUCHER.
JE LE RACCOMPAGNE !

QUOI ?!
TU VEUX LUI PARLER SEUL À SEUL ?!
NON, MAIS ON EST PLUS DANS LES ANNÉES 30, PAPA !
TU PEUX PAS PARLER DE MON AVENIR SANS MOI !!!
ET DE TOUTE FAÇON, ÉRIC REFUSERA.
J'AIMERAIS BIEN VOIR ÇA !
EH BIEN TU VERRAS !
AH, BEN TIENS !
LE VOILÀ !
BONJOUR, ÉRIC.
EUH... BONJOUR...
VIENS, ON VA DANS LE BUREAU DE MON PÈRE...
IL VEUT **NOUS** PARLER.
BIEN...
BIEN...
BIEN ! BIEN !

EUH...
AVANT TOUTE CHOSE, MONSIEUR...
... JE VOULAIS VOUS DIRE QUE J'AIME MONIQUE...
... DE TOUT MON CŒUR.
AH, BEN C'EST TANT MIEUX, ÇA. PARCE QU'IL VA FALLOIR L'ÉPOUSER, MAINTENANT !
OUI, JE SAIS...
MAIS JE VOULAIS DIRE QUE...
... JE L'AURAIS DEMANDÉE EN MARIAGE MÊME SI ELLE N'AVAIT PAS ÉTÉ ENCEINTE...
C'EST VRAI ?
BIEN SÛR...
OH...
OUI, BON !
ASSEYEZ-VOUS.
C'EST BIEN BEAU, TOUT ÇA, MAIS DONC, NOUS AVONS UN MARIAGE À ORGANISER...
... ET AUSSI À PARLER DE VOTRE AVENIR...
... À TOUS LES DEUX.
M. FAGET SERA BIENTÔT À LA RETRAITE ET...
... VOUS... EH BIEN...
... VOUS POURREZ ÊTRE MON SECOND RAPIDEMENT. À TERME, VOUS REPRENDREZ LA BRIQUETERIE.
COMME ÇA, VOUS POURREZ SUBVENIR AUX BESOINS DE MA FILLE ET DE VOS ENFANTS.
VOILÀ. NATURELLEMENT, SUR LE PLAN POLITIQUE, IL FAUDRAIT VOUS CALMER UN PEU...
... IL SERAIT MALVENU QUE VOUS CRACHIEZ DANS VOTRE PROPRE SOUPE...

C'EST... TRÈS GÉNÉREUX DE VOTRE PART, VRAIMENT...
... MAIS JE VAIS REFUSER.
J'AIME BEAUCOUP MON TRAVAIL.
QUOI ?!
VOUS COMPTEZ VRAIMENT VIVRE AVEC VOTRE PETIT SALAIRE D'INSTITUTEUR ?!
VOUS VIVEZ DANS QUEL MONDE, VOUS ?
J'ACCEPTE DE VOUS DONNER MA FILLE...
... MAIS JE NE VAIS PAS LA LAISSER VIVRE DANS...
... DANS LE RUISSEAU NON PLUS !!!
PAPA !
ÉRIC A UN APPARTEMENT DE FONCTION QUI EST BIEN ASSEZ GRAND POUR NOUS DEUX.
ENFIN... NOUS TROIS.
ON SERA TRÈS BIEN.
OUI... ET J'AI QUELQUES ÉCONOMIES...
HA HA HA !
DES ÉCONOMIES !
LES COMMUNISTES SONT PASSÉS À L'ÉPARGNE, MAINTENANT...
BON. ÉCOUTEZ : VOUS FINISSEZ L'ANNÉE SCOLAIRE, MAIS ENSUITE...
... VOUS VIENDREZ TRAVAILLER À LA BRIQUETERIE.
NON.
NON ?
NON.
JE SUIS DÉSOLÉ, JE NE VEUX PAS VOUS MANQUER DE RESPECT, MAIS J'AIME MONIQUE...
... ELLE M'AIME, ET POUR MA PART, C'EST SUFFISANT.
MERCI DE VOTRE GÉNÉROSITÉ, MAIS...
MONIQUE, T'EN PENSES QUOI ?
BEN...
... MOI AUSSI JE POURRAI TRAVAILLER. JE VAIS AVOIR UN BÉBÉ, MAIS JE VAIS AUSSI ÊTRE PROF DE GYM.
MAIS... !

BON...
PAPA...
... JE CROIS QUE JE VAIS PARTIR VIVRE AVEC ÉRIC, DÈS AUJOURD'HUI.
ÇA TE VA, ÉRIC ?
BIEN SÛR.
JE TE L'INTERDIS BIEN !
PAPA, HIER, J'AI EU 21 ANS.
TU NE PEUX PLUS M'INTERDIRE QUOI QUE CE SOIT.
TANT QUE JE PAIE, PERSONNE N'EST MAJEUR !
ALORS, GARDE TON ARGENT, ON SE DÉBROUILLERA.
ET VOTRE MARIAGE ?!
QUI VA PAYER VOTRE MARIAGE ?!
ET IL AURA LIEU QUAND ?!
IL FAUT LE FAIRE AVANT QUE LE CURÉ SE RENDE COMPTE DE...
AH...
MOI... JE NE ME MARIERAI PAS À L'ÉGLISE.
AH NON ?

NON...
ÇA T'ENNUIE ?
JE M'EN FICHE...
DU COUP, FAISONS-LE CET ÉTÉ, PLUTÔT, APRÈS LA NAISSANCE.
TU...
... TU NE PARLES PAS SÉRIEUSEMENT ?
APPAREMMENT, SI.
SORTEZ.
TOUS LES DEUX.
MONIQUE, TU...
NON. RIEN.
SORTEZ.
JE...
... JE SUIS DÉSOLÉE QUE ÇA SE PASSE COMME ÇA, PAPA...
SORS.
JE NE VEUX PLUS TE VOIR.

AINSI DÉBUTAIT CET AUTOMNE 67…
… AVEC CETTE PETITE VIE…
… QUI GERMAIT DANS LE VENTRE DE MONIQUE…
AVEC SON COURAGE…
… ET SA DÉTERMINATION FACE À SON PÈRE…

AVEC MON DÉPART POUR LA CAPITALE AUSSI, ENTRE TRISTESSE DE QUITTER LES BORDS DE GARONNE, MON OVALIE CHÉRIE, ET LA JOIE DE DÉCOUVRIR LE MONDE.
ENFIN...
... UN AUTRE MONDE.
C'ÉTAIENT LES PETITES RÉVOLUTIONS DE NOS PETITES VIES...
... MAIS D'AUTRES GRAINES ALLAIENT BIENTÔT GERMER, QUI FERAIENT SE LEVER TOUTE UNE GÉNÉRATION.
LES VENTS DU PRINTEMPS PORTERONT-ILS LES ÉCHOS DE NANTERRE JUSQU'À CASTELNAU ET LARROQUE ?

À SUIVRE...

VISITEURS
3

UN RÉCIT COMPLET
EN TROIS VOLUMES
2/3. MONIQUE
3/3. MAI

Voyez les agriculteurs. Ils représentaient 36 % de la population active française en 1946. En 1967, ils ne sont plus que 12 %. Parmi eux, les ouvriers agricoles ont été les plus durement touchés, puis les femmes et les cadets, qui ont été les premiers à quitter la terre. Les femmes qui restent sont toujours définies comme de simples "aides familiales" (ce sera le cas jusqu'à la loi d'orientation de 1980). Quant aux hommes, tout à la fois "chefs d'exploitation" et "chefs de famille", ils sont contraints d'endetter terriblement leurs petites entreprises pour en augmenter la taille, afin que celles-ci demeurent rentables. Ils doivent apprendre à devenir gestionnaires, cependant que les revenus des légumes, du lait, de la viande et du vin s'effondrent à cause de la concurrence des pays de la Communauté économique européenne. En septembre 1960, les producteurs de tomates de Marmande ont déversé 5 tonnes de leur production dans la Garonne pour protester contre la baisse des prix. En 1967, le Midi viticole est en ébullition : on a compté 7 000 manifestants à Narbonne en février (dont 1 200 femmes), 12 000 à Carcassonne en mars, où les combats avec les forces de l'ordre ont fait 63 blessés. Cette même année 1967, le sociologue Henri Mendras publie une étude dont on n'a pas fini de parler. Son titre ? *La Fin des paysans*.

Cette agriculture nouvelle a fait des dégâts. Dans le quart de siècle qui a suivi la Seconde Guerre mondiale, on a détruit un tiers des haies bocagères françaises : il fallait bien faire passer les tracteurs – et tant pis pour la biodiversité. On a utilisé massivement les engrais et les pesticides, dont on commence à trouver des traces dans les eaux des rivières et les nappes phréatiques.

Puis, voyez les ouvriers. Ils sont de plus en plus nombreux, désormais plus du tiers de la population active, mais à quel prix ? L'époque est à la distinction entre les ouvriers professionnels (OP) et les ouvriers spécialisés (OS). Les femmes et les immigrés – en un temps où un ouvrier sur cinq est un immigrant et un ouvrier sur cinq est une ouvrière – appartiennent à la seconde catégorie, qui regroupe les plus faibles salaires et les moindres qualifications. Les conditions de vie s'améliorent un peu, une troisième semaine de congés payés a été obtenue en 1956. Mais enfin, la durée du travail (45-46 heures en moyenne par semaine), la discipline d'atelier, l'augmentation des cadences pour améliorer la productivité, pèsent sur les corps et les esprits.

Enfin, voyez les petits patrons, artisans et commerçants. En l'espace d'une vingtaine d'années (de 1954 à 1975), leur pourcentage dans la population active est passé de 12 à 8,7 %. Le commerce, en particulier, a été bouleversé. En 1963, on a ouvert le premier hypermarché français. En 1972, c'est à Portet-sur-Garonne qu'on inaugurera le plus grand hypermarché d'Europe : 25 000 mètres carrés dédiés à la consommation. Le petit monde de Larroque et Castelnau est menacé.

Alors, bien sûr, il y a encore des marquis, des curés et des patrons de briqueterie. À l'échelle d'un petit bourg comme Castelnau, ils ont du pouvoir. Mais enfin, même si elle est surreprésentée dans l'armée et la diplomatie, l'aristocratie n'a plus aucun privilège dans la République. Quant aux ecclésiastiques, ils sont contraints de s'adapter à la Société qui se transforme. Le concile Vatican II s'est terminé en 1965, autorisant notamment à ne plus dire la messe en latin ("sans le latin, la messe nous emmerde", chantera Georges Brassens une dizaine d'années plus tard). Depuis 1963, l'Église a levé l'interdit sur l'incinération. Mais les Français sont de moins en moins religieux. Signe des temps : on comptait 1 618 ordinations en 1947, on n'en comptera plus que 469 en 1968. Les curés se raréfient.

Depuis le début du XXe siècle, à Larroque comme ailleurs, l'Église et le patronat ont encouragé les sports modernes pour mieux encadrer les ouvriers, éduquer la jeunesse et assurer la paix sociale. Mais l'étau se desserre. À Lens, par exemple, où les communistes sont majoritaires au conseil municipal depuis l'après-guerre, le club de football est désormais présenté comme celui des mineurs.

Porté par la radio et la télévision, le sport-spectacle fait du reste concurrence à la pratique sportive. Même en pays de rugby, on suit les grandes courses modernes : le Tour de France cycliste, depuis le début du siècle ; les compétitions automobiles de Formule 1, qui se sont mises en place dans les années 1950.

Plus que jamais, l'actualité du monde s'invite dans les campagnes. La radio et la télévision parlent aux ruraux de ces guerres lointaines que la Société française, en paix, ne peut qu'imaginer : guerre du Vietnam, guerre des Six Jours, guerre du Biafra. On en débat d'autant plus que les fractures politiques françaises se nourrissent de l'actualité internationale. Dans le cadre de la "guerre froide", gaullistes et communistes se définissent par leurs visions mondiales or, comme l'aurait dit André Malraux, inamovible ministre des Affaires culturelles du général de Gaulle, "entre les communistes et nous, il n'y a rien". En cette année 1967, Malraux publie ses *Antimémoires*, qui sont un succès, cependant que le Parti communiste français triomphe aux élections législatives.

Les médias font également connaître les différents mouvements d'émancipation qui agitent le monde occidental, depuis les conquêtes des Africains-Américains aux États-Unis jusqu'à celles des homosexuels en Angleterre. D'ailleurs, parlons-en un peu plus, de l'Angleterre : en 1967, l'interruption volontaire de grossesse y est légalisée. Les Françaises qui veulent avorter tournent désormais leurs regards vers Londres. Les temps sont durs pour celles qui tombent enceintes sans l'avoir voulu.

Les jeunes ont grandi dans le temps de la "révolution invisible" identifiée par Jean Fourastié. Pour une partie notable d'entre eux, l'avenir qu'ils imaginent est très différent de celui qu'imaginaient leurs parents au même âge. Ils sont de plus en plus nombreux à envisager des études supérieures. Depuis 1960, le nombre d'étudiants est passé de 200 000 à 500 000. Pour les accueillir, il a fallu multiplier les postes d'enseignants et créer des campus, aménagés en hâte à la périphérie des grandes villes. Parmi les principaux centres universitaires qui ont émergé dans ce contexte figurent ceux de Toulouse-Le Mirail et de Nanterre, gros d'événements à venir.

Loin d'être glorieuses, les années 1960 furent donc très ambiguës, à Larroque-sur-Garonne comme ailleurs. Se souvenir de ces ambiguïtés est utile aujourd'hui, comme il est toujours fécond de connaître le passé. À mon avis, c'est d'ailleurs le point commun entre le rugby et l'Histoire : pour se diriger plus adroitement vers l'avant, ne faut-il pas sans cesse regarder vers l'arrière ? Un des personnages du récit le dit très bien, "cette histoire de se passer la balle en arrière pour aller vers l'avant, franchement, quand on y réfléchit…" Eh bien oui, réfléchissons-y aussi en historiens.

SYLVAIN VENAYRE

Sylvain Venayre est professeur d'Histoire contemporaine à l'Université Grenoble Alpes. Auteur de nombreux ouvrages (dernier paru : *Les Guerres lointaines de la paix. Civilisation et barbarie depuis le XIXe siècle*, Paris, Gallimard, 2023), il est également scénariste de bande dessinée. Il dirige la collection « Histoire dessinée de la France » (La Découverte/La Revue dessinée), dont il a scénarisé le premier tome, *La Balade nationale* (2017) avec Étienne Davodeau.

BIBLIOGRAPHIE

Serge Berstein, *Nouvelle histoire de la France contemporaine, t. 17 : La République gaullienne (1958-1969)*, Paris, Le Seuil, 1989.

Xavier Vigna, *Histoire de la Société française (1968-1995)*, Paris, La Découverte, 2021.

Jean Vigreux, *La France contemporaine, t. 9 : Croissance et contestations (1958-1981)*, Paris, Le Seuil, 2018.

Michelle Zancarini-Fournel, *Les Luttes et les rêves - Une histoire populaire de la France de 1685 à nos jours*, Paris, Zones, 2016.

Merci à toi, Jean-Louis, pour ce bonheur d'écriture, rempli de fous rires, de larmes joyeuses et de quelques arrachages de cheveux.
Voir nos deux noms sur une couverture est pour moi une joie et une fierté.
Merci à toi, Horne, d'avoir donné corps à cette bande de joyeux drilles.
Ils ne pouvaient rêver mieux que ton trait pour les faire vivre.
Merci à Elsa d'avoir tout de suite cru en cette histoire, et à Olivier d'avoir pris sa suite avec le même enthousiasme.
Et enfin, merci à mon amour Louise, et à ma tempête Manon.
AUDE

Je remercie Aude et Jean-Louis de m'avoir accordé leur confiance pour ce très beau projet.
Une énorme pensée pour mes deux amours qui illuminent chacune de mes journées.
Merci aux minérales et à Romain, qui m'accompagnent et me conseillent sur mon travail.
Merci à Yveline, Monique, Éric, le curé, Antoine, le Marquis et Miltiade, qui partagent ma vie depuis maintenant deux ans.
Et merci à Olivier, notre très cher éditeur, qui est souvent de bon conseil.
HORNE

Merci à toi, ma chère Aude, de m'avoir entraîné dans cette belle aventure et d'avoir tenu le Mac sur tes genoux pour écrire nos bêtises pendant les longs trajets sur l'autoroute.
Merci à toi, Horne, pour ton investissement et ton adaptabilité à nos tatillonnages.
Merci à Elsa Sztulcman d'y avoir cru avant tout le monde.
Merci à Olivier Jalabert d'y avoir cru tout autant.
Et merci à ma très, très chère Anik April de m'avoir supporté même quand j'étais en tabarnak les jours d'arrachage de cheveux avec Aude.
JEANLOUIS

COULEURS Delf
COULEURS DE COUVERTURE Jérôme Maffre
DOSSIER Sylvain Venayre
MAQUETTE Philippe Ghielmetti

PREMIÈRE ÉDITION.

Dépôt légal : mai 2024 – D. 2024/0089/037
ISBN 979-1-0347-6234-7

Éditions Dupuis s.a, rue Destrée 52, 6001 Marcinelle, Belgique.
Imprimé par Delabie SA, Z.I. La Martinoire Boulevard de l'Eurozone 9, 7700 Mouscron, Belgique.

Achevé d'imprimer en avril 2024

www.dupuis.com